나는 열심히 살지 않기로 했다

I decided not to live hard

행복하게

나만의

성공을

만드는 법

진작 이렇게 살아야 했다.
'열심히'가 아닌, 몰입으로 행복을
만드는 삶을 살아야 했다.

(달성)**최윤정** 지음

나 는
열심히
살 지
않기로
했
다

I decided not to live hard

행복하게

나만의

성공을

만드는 법

돌선출판 **더로드**
The Road Books

모든 사람이
놀면서 행복했으면 좋겠다.

나는 놀기 위해 태어났다

열심히 살았다. 학창 시절 공부는 못했어도 태도가 좋은 학생이었다. 회사에 다닐 때도 조금은 유별나게 열심히 일했다. 7평 원룸에서 결혼생활을 시작했고, 돈도 열심히 모았다. 두 아들이 태어나고 엄마 역할도 열심히 했다.

하지만 '열심히'가 문제였다. 인생은 열심히 사는 것이 아니었다. 인생은 즐기며 살아야 한다. 나는 이것을 유방암에 걸리고 나서야 깨달았다.

가족과 함께 유럽 여행을 다녀온 다음 날 유방암 통보를 받았다. 유럽 여행을 떠날 때만 해도 열심히 산 것에 대한 보상을 받는 것으로 생각했다. 아니었다. 집으로 돌아오니 암이 나를 기다리고 있었다. 열심히 산 대가가 암이라니, 억울하고 또 억울했다.

암에 걸렸다는 사실을 안 후 블로그에 글을 쓰기 시작했다. 그냥 죽기는 싫어 나의 흔적을 남기고 싶었던 것 같다. 쓰기 시작하자 하고 싶은 말이 많았다. 누구나 자신만의 기구한 역사가 있겠지만, 나 역시 그랬다. 그렇게 나의 역사를 쏟아내듯이 글을 썼다.

글을 쓰다 보니 암 환자가 몰입하고 있었다. 암에 대한 두려움은 사라지고 오로지 글쓰기만 생각했다. 하루 종일 글을 썼다. 수술 날 아침까지 글을 썼다. 수술 후 몸을 움직일 수 있게 되자 바로 글을 썼다. 글을 쓰며 매일 행복했다. 몰입은 암 환자도 행복할 수 있게 했다.

몰입이 행복 그 자체라는 것을 이때 깨달았다. 몰입하며 글을 쓰다 보니 블로그가 빠르게 성장했다. 내적인 성장도 컸다. 몰입은 빠른 속도로 나를 성장시키며 행복을 만들었다.

진작 이렇게 살아야 했다. '열심히'가 아닌, 몰입으로 행복을 만드는 삶을 살아야 했다. 열심히는 하기 싫은 일을 할 때 쓰는 말이다. 열심히 살았으니 삶이 힘들었고, 내게 암이 찾아왔던 것이었다.

하지만 암에 걸렸던 일을 나는 나쁘게 해석하고 있지 않다. 암이 준 선물이 너무 많기 때문이다. 암은 생의 유한함을 알려주었고, 오늘 지금, 이 순간의 소중함을 알려주었다. 암은 나를 글 쓰는 사람으로 만들어 주었다. (암에 걸리지 않았다면 이 책 역시 만들어지지 않았을지도 모른다.) 암에 걸린 후 나는 더욱 성숙한 삶을 살게 되었고, 나를 사랑하는 방법도 알게 되었다. 삶은 희생적으로 열심히 살면 안 된다는 것도 알게 되었다. 나는 암에 걸린 후 더 행복하게 인생을 즐기며 살고 있다.

암에 걸리기 전, 집에서 옷 장사도 했었다. 결혼 9년 만에 내 집 장만에 성공했고, 그 집에서 장사를 시작했다. 아이들을 학교에 보내고 3시간만 장사를 했었다. 실패를 생각하고 시작했던 장사였지만, 예상 밖으로 장사가 잘되어 75평으로 이사도 하게 되었다. 34평 내 집 장만을 한 지 1년 반만의 일이었다. 옷 장사에 성공하면서 깨달은 많은 성공의 법칙들이 있었다. 이런 법칙들은 블로그를 키우는 것에도 사용되었다. 그랬다. 성공의 법칙은 다 통했다. 내가 깨달은 성공의 법칙들을 책에 담았다.

책에는 5가지 이야기를 담았다. 긍정 프레임, 삶의 지혜, 돈 버는 기술, 성공 게임, 창조자의 길이다. 이 5가지는 삶을 신나게 놀기 위해 필요한 장비다.

긍정 프레임은 나에게 일어난 사건을 바라보는 안경이다. 세상에 좋은 일 나쁜 일은 없다. 모든 일은 내가 씌운 프레임에 따라서 결정된다. 나는 암이 나를 작가로 만들기 위해 찾아왔다고 생각한다. 그리고 남은 생을 더 행복하게 만들기 위해 찾아왔다고 긍정 프레임을 씌웠다. 나는 내가 씌운 긍정 프레임대로 살아가고 있다.

긍정 프레임이라는 안경을 쓰면 나에게 일어나는 모든 일은 나를 위해 일어난다는 사실을 알게 된다. 역경이 생겨도 나를 위해 그런 일이 생겼다는 것을 깨닫게 된다면 역경을 발판 삼아 더 큰 인물로 성장할 수 있다. 긍정 프레임은 나의 행복과 성장을 만드는 도구다.

삶의 지혜는 통찰력 있는 두뇌다. 세상이 돌아가는 이치를 알고 내가 어떻게 살아야 하는지 방향성을 알려준다. 방향성 없이 살면 제자리만 맴도는 삶이 된다. 급변하는 세상에서 핵심을 볼 줄 알아야 한다. 그리고 나의 길을 찾아야 한다.

돈 버는 기술은 생존법이다. 자본주의 시대에 돈은 생존이자 자유다. 기존에 돈 버는 공식은 사업과 투자였다. 하지만 돈 버는 공식이 달라졌다. 새로운 방법이 나타났다. 『부자 아빠 가난한 아빠』의 저자 로버트 기요사키도 몰랐던 새로운 돈 버는 공식에 관한 이야기를 담았다.

인생은 결국 성공 게임이다. 게임에는 룰이 있다. 아이템도 있다. 어떤 아이템을 가지고 어떻게 싸워야 게임에서 승리할 수 있는지 이야기했다. 게임 시작에는 캐릭터가 필요하다. 캐릭터의 힘이 강할수록 성공에 유리하다. 캐릭터의 힘은 체력이다. 체력이 강한 캐릭터가 몰입하며, 역행적인 태도로 세상을 살아간다면 초스피드로 성공을 만들 수 있다. 성공 게임에 대한 재미있는 이야기를 담았다.

우리는 태어남과 동시에 세상의 창조에 이바지했다. 나는 몰입으로 창조를 만들며 놀기 위해 이 세상에 태어났다. 아이들은 모래놀이를 하며 생의 목적을 충실히 이행한다. 놀면서 창조하며 행복을 느낀다. 내가 추구하는 삶이다.

창조는 대단한 것이 아니다. 소소한 일상도 매일 디자인하며 창조할 수 있다. 그렇게 매일 나를 가지고 놀 수 있다.

긍정 프레임이라는 안경을 쓰고 세상을 바라보길 바란다. 삶의 지혜를 가진 통찰력 있는 두뇌를 장착하고, 돈 버는 기술을 습득하여 생존하기 바란다. 성공 게임을 즐기며 몰입으로 세상의 창조에 기여하기 바란다.

그대의 놀이에 조금이라도 도움 되기를 바라는 마음으로 이 책을 썼다.

2026년 01월

저자 (달성)최 윤 정

차례 | C O N T E N T S

제3장 **돈 버는 기술**

제4장 **성공 게임**

《신체》

제5장 창조자의 길

01

제1장

궁정 프레임

나는 암이 준
선물을 잘 쓸 생각이다.
매일 선물 같은 하루를
보낼 생각이다.

인생은 롤러코스터다

'살날이 천년만년 있는 사람처럼 행동하지 말라. 죽음은 항상 문 앞에 와 있다. 그러니 살아있는 동안, 힘이 있는 동안 선을 행하라.'

-마르쿠스 아우렐리우스

2022년 9월 24일은 인생 최고의 날이었다. 가족들과 유럽 여행을 떠났기 때문이다. 유럽 여행은 부자들만 가는 줄 알았다. 그런데 내가 유럽으로 가는 비행이 안에 있었다. 창밖을 보자 솜사탕 같은 구름 위를 날고 있었다. 꼭 내 기분 같았다.

3,900만 원 7평 전셋집에서 신혼생활을 시작했다. 그곳에서 첫

째를 임신했다. 아이들이 생기자 조금 더 큰 집으로 이사 했다. 하지만 내 집은 아니었다. 그러니 아끼고 또 아껴야 했다. 아무리 아껴도 오르는 전셋값을 따라가지 못했기 때문이다. 그렇게 이사를 여러 번 다녔다.

필요한 물건은 중고로 사고 중고로 되팔았다. 아이들 물건도 예외는 아니었다. 아이들 신발 1년 치를 한꺼번에 중고 샀다. 3만 8천 원에 5켤레를 사면 짝퉁 크룩스와 운동화까지 모두 다 들어있었다. 그 신발을 큰아이가 1년을 신었고, 작은 아이가 또 1년을 신었다. 짝퉁 크룩스에 쓰여있던 '나도훈'을 잊을 수가 없다.

500원, 1,000원을 아끼기 위해 전단을 보고 마트도 여러 군데 돌아다녔다. 아끼며 살았던 이야기는 1박 2일을 해도 모자란다. 이렇게 살았던 아줌마가 유럽으로 가는 비행기 안에 있었다. 가족 전부가 함께다. 비행기도 구름 위를 날고 있었지만, 내 기분도 구름 위를 날고 있었다.

유럽 여행 때 신랑은 뚜렷한 목표가 있었다. 나에게 명품을 사주는 것이었다. 몇 년 전부터 명품 가방을 권했었다. 하지만 내가 사지 않았다. 필요성을 느끼지 못했기 때문이다. 도무지 왜 그렇게 비싼 가방을 들어야 하는지 이해하지 못했다. 그 돈이면 아이들 책이나, 신발을 마음껏 살 수 있는 돈이었다. 하지만 파리에서는 벼르고 벼른 신랑을 이기지 못했다. 어쩌면 숨겨져 있었던 나의 욕망이 터진 것일지도 모르겠다. 한국에서는 훨씬 더 비싸게 사야 하니 할인가로 살 수 있다는 유혹을 못 이긴 것일 수도 있다. 이유야 어쨌든 신랑의 소원대로 명품들을 샀다.

샤넬과 고야드에서 가방을 구매하고, 막스마라 코트도 구매했다. 버버리 패딩과 재킷도 구매했다. 파리에서 나는 더 이상 500원을 따지던 아줌마가 아니었다.

명품 가방을 사면서 신랑이 더 기뻐했다. 신랑은 고야드 가방을 사기 위해 1시간 반을 기다리는 수고도 기꺼이 감수했다. 기뻐하는 신랑을 보며 고맙기도 하고, 나도 행복했다. '돈은 이렇게 쓰는 건가 보다.'라는 생각도 잠시 들었다.

작은아이는 스위스 여행 때 했던 패러글라이딩을 잊지 못한다고 말한다. 스위스 하늘을 나는 기분은 최고였다. 패러글라이딩하며 하늘을 날 때 보석같이 반짝이는 융프라우가 보였다. 시선 양쪽으로는 각각 다른 아름다움을 뽐내는 호수가 있었다. 스위스의 자연환경은 최고였다. 가족과 함께 스위스 하늘을 날다니! 7평 전세 살던 여자가 웬일인가? 유럽 여행은 가족 모두에게 잊지 못할 추억이 되었다.

그렇게 꿈같은 유럽 여행을 마치고 2022년 10월 9일 입국했다.

현실로 돌아오니 유방암 조직 검사 결과가 기다리고 있었다. 입국 다음 날 분당서울대병원에 방문했다. 그리고 너무 쉽게 유방암 통보를 받았다.

조직 검사를 하고 여행을 떠났지만 '설마, 암에 걸리겠어?'라는 마음이었다. 왜냐하면 1년 전에도 유방 수술을 받았기 때문이다. 그때는 운 좋게 암 전 단계에서 발견이 되었고, 수술로 암 전 단계의 조직들을 모두 제거했다. 그리고 꾸준하게 정기 검진을 받으러 다니고 있었다. 그런데 암 전 단계도 아니고 암이라니, 이해할 수 없었다.

병원으로 출발할 때까지만 해도 여행의 여운이 가득 차 있었다. 병원을 다녀와서 하나씩 짐을 풀며 한 번 더 추억을 꺼낼 생각이었다. 그런데 갑자기 유방암이라니, 실감이 나지 않았다.

병원 로비 의자에 한참을 앉아 있었다.

'누구에게 연락을 먼저 해야 하나?'

'신랑에게 먼저 연락해야 하나?, 엄마에게 먼저 연락해야 하나?'

사실 고민은 핑계고, 그냥 앉아 있을 수밖에 없었다. 아무 생각도 떠오르지 않았기 때문이다. 현실이 아닌 것 같았다. 또 꿈을 꾸고 있는 것 같았다. 이번에는 땅속 지하 깊이 들어가는 꿈이다.

한참을 앉아 있다가 엄마에게 먼저 전화를 걸었다. 무슨 얘기를 했는지 잘 기억나지 않는다. 신랑에게도 전화를 걸었다. 역시 대화 내용은 기억나지 않는다.

전화를 끊자 그제야 서러움이 몰려왔다. 눈물이 났다. 너무했기 때문이다. 세상은 나에게 너무 가혹했다. 열심히 살았다. 악착같이 두 아들을 키웠다. 그리고 이제 조금 보상을 받으려나 했다. 그런데 암을 받았다. 이건 너무했다. 아무리 생각해도 세상은 나에게 너무했다.

집으로 돌아오니 추억이 가득 찬 가방이 있었다. 명품 백들이 여행 가방 안에 들어 있었다. 여행 가방 앞에 또 한참을 앉아 있었다. 그러자 불길한 생각이 스쳤다.
'죽을 때가 되면 안 하던 짓을 한다던데.. 혹시?'

'그러면 그렇지, 내가 무슨 유럽 여행에 명품 백이야. 과욕을 부려서 벌받았나?'

말도 안 되는 생각들을 하며 자책하고 있었다.

롤러코스터를 탄 것 같았다. 며칠 전만 해도 스위스 하늘을 날고 있었는데, 현실로 돌아오니 암이 기다리고 있었다. 구름 위 하늘을 날다가 땅으로 처박히는 느낌이었다. 너무 무서웠다. 암은 롤러코스터를 타고 나를 찾아왔다.

혹시 내가 죽을까?

'자신이 죽었다고 생각해 보라. 주어진 삶은 이미 다 살았다. 이제 남은 시간을 가지고 새롭게 제대로 살아라.'

-마르쿠스 아우렐리우스

조직 검사가 암으로 나왔으므로 여러 가지 추가 검사를 해야 했다. 전이되었는지가 관건이었다. 추가 검사를 하고 결과를 기다리는 약 한 달간의 시간은 정말 피가 말랐다. '죽음'에 대한 생각이 불쑥불쑥 찾아왔기 때문이다.

내가 죽는다는 것은 알고 있었지만, 먼 훗날 이야기인 줄 알았다. 살아온 세월만큼은 더 살 줄 알았다. 이렇게 갑작스럽게 '죽음'을 생각하게 될지는 전혀 상상하지 못했다.

'죽음'에 대한 생각은 공포 그 자체였다. 신랑과 행복한 데이트를 하며 드라이브할 때도, 재미있는 유튜브를 볼 때도, 산책할 때도 '죽음'의 공포가 찾아왔다. '죽음'에 대한 생각은 봐주는 적이 없었다. 아이들과 재밌는 이야기를 할 때도, 책을 읽는 순간에도 불쑥 찾아왔다. 그리고 무겁고 우울한 감정을 던져 주었다.

'죽음'의 공포가 찾아올 때마다 머리를 흔들고 좋은 생각을 하려고 애썼다. 하지만 곧 또다시 우울해졌다. '죽음'에 대한 생각은 나를 떠나지 않았다.

내가 이런 생각을 하며 지냈는지 신랑은 알지 못했다. 한 번도 '죽음'이라는 단어를 입에 올린 적이 없었기 때문이다. 암 환자에게 '죽음'이라는 단어는 절대 해서는 안 될 금지어 같았다. 감히 입 밖으로 꺼낼 수 없었다. 나조차 너무 무서워서 꺼낼 수 없었다.

잠이 들 무렵에 찾아오는 '죽음'의 공포는 뼈가 시린 외로움이었다. 신랑이 옆에 누워 있었음에도 너무나 외로웠다. 아무도 없는 외딴섬에 홀로 서 있는 느낌이었다. 외로움도 공포가 될 수 있다는 사실을 이때 깨달았다.

신랑에게 안아달라고 했다. 유튜브를 보던 신랑이 안아주었다. 신랑이 뒤에서 꼭 안아줘도 뼈가 시린 외로움은 가시지 않았다. 그렇게 여러 날 밤을 신랑 품에서 소리 없이 눈물을 흘렸다.

'혹시 내가 죽을까?'

'내가 죽는다면 우리 아이들과 신랑은 어떻게 살지?'

'나는 잘 살았나?'

'왜 하필 지금이지?, 왜 나지?'

'왜 ... 나지? ...'

억울했다. 아무리 생각해도 이유를 알 수 없었다. 나쁜 사람 많은데 왜 나에게 암이 찾아왔는지 알 수 없었다. 하지만 곧 나의 생떼임을 알았다. 암은 나쁜 사람에게만 골라 가지 않는다. 암은 사람을 가려서 찾아가지 않는다. 다만 건강을 잘 돌보지 않는 사람에게 찾아갈 확률이 높을 뿐이었다.

나는 열심히 살지 않기로 했다

수긍이 되어버렸다. 그동안 건강을 챙기지 않았기 때문이다. 모두 다 내 잘못이었다. 그렇게 억울한 마음에서 자책으로 순식간에 마음이 바뀌었다. 운동을 해야 했다. 잘 먹어야 했다. 나를 사랑하며 살아야 했다. 그랬다. 나를 더 사랑해야 했다.

원망을 멈추자, 공포도 조금씩 작아지기 시작했다. 지금 생각해도 신기한 일이지만, 어느 순간 죽음에 대한 공포가 작아졌다. 나의 잘못을 인정해서인지, 사람은 누구나 죽는다는 사실을 인지한 후부터였는지 이유는 잘 모르겠다. '죽으면 편하지 않을까?'라는 이상한 생각까지 들었다. 그동안 살아온 삶이 너무 고되어서인지, 이만하면 열심히 잘 살았다는 생각 때문인지 아직도 잘 모르겠다.

나는 오늘만 살 수 있다는 것도 알게 되었다. 아무리 후회해도 과거로 돌아갈 수 없었고, 내가 언제까지 살 수 있을지 알 수 없었다. 하지만 오늘은 살 수 있었다. 내가 살 수 있는 날은 오늘 지금, 이 순간밖에 없음을 깨달았다. 나는 어차피 죽는다. 이 사실은 변함이 없다. 하지만 오늘은 살 수 있었다. 그러니 오늘을 살아야 했다. 이 깨달음은 훗날 나에게 굉장한 변화를 안겨 주었다.

죽음을 인지하는 삶은 축복이다. 내 삶은 '죽음'을 인지하기 전과 후로 나뉜다.

죽음을 인지하자 내가 궁금해졌다. 내가 좋아하는 것과, 싫어하는 것을 찾기 시작했고, '나는 누구인가?' 이런 철학적인 질문도 하기 시작했다. '어차피 죽는데 나는 이 세상에 왜 태어났을까?'라는 생각도 했다. 그리고 그 질문에 대한 답을 찾으려 노력했다. 이런 답을 찾으며 나는 다른 사람이 되어갔다.

사명도 생겼다. 사명이 생기자, 삶이 달라졌다. 매일 사명을 다해야 했기 때문이다. 건강한 음식을 먹고, 운동을 했다. 그리고 사명을 다하기 위해 책을 쓰기로 결심했다. 이렇게 내 인생은 '나를 위해 사는 삶'이 아닌, '남을 위해 사는 삶'으로 시선이 바뀌었다.

사명을 다하려는 삶은 매일이 축제다. 어떻게 하면 남을 더 많이 도울 수 있을까?를 생각하면 행복하기 때문이다. 더 많이 돕기 위해서 나는 더 큰 사람이 되어야 했다. 더 큰 사람이 되기 위해 고난과 역경을 기꺼이 감수하려는 마음도 생겼다. 그렇게 나는 매일 성장하며, 행복한 하루를 보내고 있다.

암은 나에게 선물을 주었다. '죽음을 인지하는 삶'이다. 그리고 '나의 사명'도 알려주었다. 이렇게 큰 선물을 주다니, 암에 걸려보는 것도 나쁘지 않다는 생각까지 슬쩍 들었다.

나는 암이 준 선물을 잘 쓸 생각이다. 매일 선물 같은 하루를 보낼 생각이다.

좋은 것은 나쁜 것이다. 나쁜 것은 좋은 것이다

'세상에서 딱히 좋거나 나쁜 것은 없다. 우리 생각이 그렇게 만
들 뿐이다.'

- 윌리엄 셰익스피어

신랑이 침대 옆에서 눈물을 흘렸다. 많이 억울했
는지 암으로 돌아가신 친정아버지를 향한 원망도 쏟아져 나왔다.

"장인어른도 그러시는 거 아니다. 딸이 암 안 걸리게 했어야 하
는 거 아니냐? 흐흑..."

"신은 없다. 조상도 다 필요 없다. 장모님도 매일 기도하시는데

그러면 이런 일이 생기면 안 되는 거 아니냐? 흐흑..."

".........."

나보다 억울해하는 신랑에게 위로가 필요했다.

"좋은 일이 좋은 일이 아니고, 나쁜 일이 나쁜 일이 아니야. 나 혼나나 봐. 건강 더 챙기고 더 행복하게 살라고 따끔하게 혼나는 것 같아. 이 일로 더 건강해지고 더 행복해지려나 봐. 그래서 암이 내게 온 거야."

빈말이 아니었다. 진심으로 그렇게 생각했다. 그동안 나를 너무 혹사시켰다는 사실을 알게 되었다. 열심히 살아야 하는 줄 알았다. 악착같이 살아야 잘살게 될 줄 알았다. 아니었다. 이렇게 큰 병이 왔다는 것은 잘못 살았다는 증거였다. 내가 잘못된 길로 가고 있다는 것을 큰 병에 걸리고서야 알게 되었다.

힘듦을 애써 모르는 척했다. 아직 젊다고도 생각했다. 이런 나에게 따끔한 회초리가 필요했다. 아프지만 잘못했으니 맞아야 했다. 하지만 회초리는 아프라고 맞는 것이 아니다. 바른길로 가기 위해 맞는 것이다.

살다 보니 세상은 나쁜 일이 좋은 일이 되고, 좋은 일이 나쁜 일이 되기도 한다는 것을 알았다. 약 7년 전 지독한 집주인을 만났을 때 일이다. 집주인은 전세 계약을 하는 날 같이 집을 방문해서 벽에 못이 박힌 숫자까지 계약서에 기재했다. 그리고 재계약 날짜가 5개월이 넘게 남았음에도 재계약을 할 것인지에 대해 여러 번 재촉하며 물었다. 신랑과 나는 이사 하기로 했었다. 분당에 전세로 이사 갈 집을 구하고 집주인에게 연락했다. 난리가 났다. 내가 살고 있는 집이 먼저 나가고 집을 다시 구하라는 것이었다. 그럴 수 있다고 생각했다. 그리고 우리는 원했던 분당 집으로 이사 가지 못했다. 그 외에도 여러 가지 일들이 터졌고, 엄청난 스트레스에 '더러워서 집을 사야겠다.'라는 마음마저 들었다. 그리고 진짜 더러워서 집을 샀다. 집을 산 후 전 집주인 욕을 엄청 했었다. 그런데 집을 매입한 지 얼마 지나지 않아 집값이 오르기 시작했다. 1년 6개월 만에 억 단위로 집값이 뛰었다. 전 집주인이 은인으로 탈바꿈되는 순간이었다. 신랑과 나는 악덕했던 집주인을 이제는 최고의 은인이라고 종종 이야기한다.

만약 착한 집주인을 만났다면 그 타이밍에 집을 살 수 있었을까? 우리가 이사하려 했던 분당 집에 살게 되었을 것이다. 그리고 전세 2년을 사는 동안 집값은 많이 올랐을 것이다. 다시 생각해도 악덕 집주인을 만난 것은 정말 운이 좋았다. 나쁜 일이 좋은 일이 되기도 한다는 것을 이때 알았다.

또 다른 일도 있다. 지금 사는 집에서는 아이들의 학교가 도보로 2~3분 거리에 있다. 초등학교, 중학교가 붙어 있어서 큰아들도, 작은아들도 코앞에 학교가 있다. 친정엄마는 학교가 가까워서 집을 너무 잘 구했다고 말씀하셨다. 나도 그런 줄 알았다. 하지만 몇 년을 살아 보니 학교가 가깝다는 게 마냥 좋은 일만은 아니었다. 아이들이 너무 늦게 일어났다. 8시 40분이 넘어 집에서 나갔다. 작은 아이는 심지어 지각도 종종 했다. 학교가 가깝다는 것은 아이들을 게으르게 만드는 것이었다.

작년 큰아이 학부모 참관 수업을 마치고 아줌마들과 커피 한잔을 하며 이런저런 이야기를 했었다. 어떤 아이는 매일 버스를 타고 학교에 가고, 집으로 돌아올 때는 친구들과 2~30분을 걸어서 다닌다고 했다. 학교가 멀다는 것은 그만큼 일찍 일어나야 하고, 그만큼 많이 걸어야 하는 일이었다. 집이 먼 그 아이의 부모가 부러웠다. 그 아이는 걷기라는 최고의 운동을 하고 있었고, 친구와의 추억을 매일 만들고 있었기 때문이었다. 학교가 멀면 아이가 더 건강하게 자랄 수도 있겠다고 생각했다.

학교가 가깝다는 것은 좋은 일인 줄 알았지만, 결코 좋은 일이 아니었다. 좋은 것인 줄 알고 주었지만 게으름을 준 것이다.

양가 도움 없이 결혼했다. 덕분에 3,900만 원 7평 원룸이 신혼집이었다. (신랑이 원래 살고 있던 집이었다.) 없이 시작한 결혼생활은 안 좋은 것일까? 아니었다. 없었기 때문에 더 악착같이 모았고, 돈 공부도 더 많이 하게 되었다. 덕분에 지금은 결혼생활을 시작할 때와는 비교할 수 없는 자산을 모았다. 자산을 키우며 느끼는 뿌듯함과 행복도 있었다. 신랑과는 아끼느라 고생했던 서로에 대한 고마움과 동지애 같은 것도 생겼다. 이런 것들은 돈으로 살 수 없는 일들이다.

만약 집을 가진 채로 결혼생활을 시작했다면 더 행복했을까? 잘 모르겠다. 하지만 지금처럼 발전과 성장은 없었을 것 같다. 나는 조금 힘들게 시작한 결혼생활이 나를 성장시켰음을 안다. 그렇게 성장한 지금의 내가 너무 좋다. 그리고 지금 자산이 없어진다고 해도 다시 키울 자신이 있다. 해 봤기 때문이다. 사실 이것이 가장 큰 자산이자 나의 자긍심이다.

'세상에서 딱히 좋거나 나쁜 것이 없다. 우리 생각이 그렇게 만들 뿐이다.'라고 말한 셰익스피어의 말을 진심으로 믿는다. 세상에 일어나는 일은 좋은 일도, 나쁜 일도 아니다. 내가 어떻게 프레임을 씌우느냐에 따라 달라진다. 나에게 일어난 일을 나쁜 일로 받아들이는 것은 내가 선택한 프레임일 뿐이다. 나에게 일어난 일을 좋은 일로 받아들이는 것도 내가 선택한 프레임이다.

나는 나에게 찾아온 암도 프레임을 씌웠다. 그리고 나는 진짜 내가 만든 프레임대로 살고 있다.

긍정 프레임

'나에게 일어나는 모든 일은 나를 위해 일어난다.'라는 사실을 알게 되었다. 그리고 이 깨달음은 나를 천하무적으로 만들었다.

나는 나에게 일어나는 모든 일을 내 마음대로 해석한다. 예를 들면, 얼마 전 주차되어 있던 우리 집 차를 다른 차가 박았다. 아주 새 차는 아니지만 뽑은 지 얼마 안 된 차였다. 신랑이 보내준 사진을 보니 보닛이 위로 쑥 솟아있었다. 작은 접촉 사고가 아니었다. 사진을 보고 가장 먼저 든 생각은 신랑에 대한 걱정이었다. 신랑이 아끼던 차였기 때문이다. 하지만 마음속으로 '어떤 좋은 일이 생기려고 이런 일이 생겼을까?'라고 생각했다. 나는 나쁜 일이라고 여겨지는 일이 일어나면 습관적으로 좋은 일이 일어나기 위해 그런 일이 생긴다고 생각하기 때문이다. (정말 놀라운 것은 신랑도 '나에게 어떤 좋은 일이 일어나려고 이러지?'라며 똑같은 말을 했다.)

수리비가 많이 나왔고, 우리 차는 사고 차량으로 등록되어 나중에 차를 팔 때 차값을 제대로 받지 못하는 상황이 되었다. 하지만 신랑과 나는 우리 차가 수리받는 동안 대여받은 다른 차를 타보며 그 순간 또한 즐겼다. 새로운 차를 타고 기존의 우리 차와 비교하며 데이트도 하고, 맛있는 것도 먹으러 다녔다. 나쁜 일이 일어났다고 짜증을 내는 것보다 이편이 훨씬 나에게 이롭다.

또 다른 일도 있었다. 얼마 전 스타벅스에서 글을 쓰고 있었을 때다. 글을 쓰다 보니 차에 필요한 물건을 두고 온 것이 생각났다. 지하철역 공용 주차장에 주차했었고, 주차장까지는 거리가 좀 되었다. 나는 두고 온 물건을 가지러 가기 위해 의자를 빼면서 바로 이런 생각을 했다. '앉아서 글만 쓰는 것보다 이렇게 몸을 움직이는 것이 뇌에는 더 좋지. 몰입을 더 잘하기 위해 나에게 이런 일이 생겼구나.' 그리고 더운 여름날 주차장까지 걸어가서 지하 3층에 세워둔 차에서 필요한 물건을 꺼냈다. 돌아올 땐 이런 생각을 했다. '나는 긍정 프레임을 씌우는 게 자동이구나. 이 에피소드를 블로그 포스팅에 올려야겠네. 포스팅 에피소드 하나 생겼네.'

더운 여름날 주차장까지 걸어갔다 와야 하면 짜증이 날 수도 있는 일이었다. 하지만 나는 나를 몰입하게 만들기 위해 이런 일이 일어났다고 긍정 프레임을 씌웠다. 그리고 실제로 이날 차에 다녀온 후 글쓰기에 더 몰입할 수 있었고, 이 일을 블로그 포스팅에 남겼다.

이 외에도 너무나 많다. 아침에 개똥을 밟으면 난 운이 대박 나려는 조짐으로 생각한다. 큰아들은 내신 받기 힘들어 아줌마들이 가장 싫어하는 고등학교에 배정받았다. 그때 나는 학교가 아담하고 착한 아이들만 모여있는 것 같아서 잘됐다고 생각했다. 집에서 먼 고등학교였다. 이 상황을 '아이가 더 부지런해지고 많이 걷게 되어 건강에 이로울 것'이라고 해석했다. 실제로 학교에 방문해보니 따뜻한 느낌이었다. 나는 아이에게도 학교 느낌이 너무 좋다고 잘 배정받은 것 같다고 말했다. 지금은 아이도 학교를 매우 마음에 들어 한다.

심지어 암도 '나를 더 건강하고 행복하게 만들기 위해 찾아 왔다'고 긍정 프레임을 씌웠다. 나는 긍정 프레임을 씌우는 것에 숙련자다.

이렇게 나에게 일어나는 모든 일에 긍정 프레임을 씌우는 것이 습관화되면 누구에게 좋을까? 나다. 긍정 프레임은 어떤 일이 일어나도 긍정적인 태도로 문제를 해결해 갈 수 있게 만든다. 내가 경험하는 일에 불행은 줄고 행운이 는다. 그러면 나는 더 행복한 삶을 살 수밖에 없다. 나는 이러한 태도가 진짜 행운을 끌어당긴다고 믿는다.

내게 일어나는 모든 일이 나를 위해 일어난다고 생각하면 웬만한 일에는 끄떡하지 않는다. 강해진다. 나는 천하무적이 된다.

남들이 말하는 '불행' 따위 올 테면 와 보시던가. 내가 불행을 행운으로 바꿔버릴 테니. 나는 이미 '역경은 나를 성장시키기 위해 찾아온다.'라는 사실을 알고 있다.

암에 걸려도 아이들 생각이 안 났다

'무엇보다 진실한 자아를 가져라.'

- 윌리엄 셰익스피어

암에 걸린 후 나는 이상한 엄마이거나, 모성애가 없는 엄마라고 생각했다. 죽는다고 하면 아이들 생각이 먼저 날 줄 알았다. 아니었다. 아이들 생각은 잠시뿐, 나를 생각하기 바빴다.

아이들이 어렸을 때는 약간 과한 희생도 했었다. 엄마는 다 그래야 하는 줄 알았다. 아니, 자연스럽게 그렇게 되었다.

큰아이가 2.09kg으로 태어났다. 뼈밖에 없는 모습이었다. 인큐베이터에 있는 아이를 볼 때마다 가슴이 아팠다. 그리고 죄책감에 시달렸다. 작게 태어났다는 이유로 여러 가지 추가 검사를 해야 했다. 손가락 두 마디밖에 안 되는 발에 바늘이 꽂혀있었다. 눈물이 났다. 모두 내 잘못 같았다.

그때부터였던 것 같다. 내 인생은 아이들 것이 되었다. 아이는 지독히도 잠을 자지 않았다. 하지만 아이가 잠이 들어도 나는 잠을 잘 수 없었다. 혹시나 내가 잠이든 사이 아이가 잘못될까 두려웠기 때문이었다. 그렇게 아주 작은 소리에 반응하고, 아이가 살아있는지 밤새도록 확인했다.

워낙 작게 태어난 아이였으므로 먹는 것에도 신경을 많이 썼다. 모유도 꽤 오랫동안 먹였고, 이유식도 끼니때마다 다른 종류로 직접 만들어 먹였다. 한 숟가락이라도 더 먹이고 싶었다. 그렇게 또래와 같은 모습이기를 바랐다.

혹시 산란한 꽃게를 먹어본 적이 있는가? 나는 있다. 시댁에서는 한 번씩 많은 양의 꽃게찜을 해 먹는다. 각자 쟁반에 장갑을 끼고, 가위를 들고, 전투적으로 꽃게를 먹는다. 그날도 그랬다. 그런데 꽃게 하나를 들어 뚜껑을 땄더니 속이 텅텅 비어 있었다. 산란을 막 마친 꽃게였다. 형님과 '이거 너무 슬픈 거 아니에요?' 하며 웃었지만, 속으로는 내 모습 같아서 슬펐다. 출산 후 내 건강 상태는 내가 먹었던 꽃게 같았다. 기운이 없었다. 앉아 있기도 힘이 들

정도였다. 가벼운 아이를 안아주는 것도 힘들었다. 친정엄마가 가져다주신 물컵을 받을 땐 손이 벌벌 떨렸다. 소화가 안 되어 음식도 제대로 먹을 수 없었다. 한약을 여러 번 지어먹어도, 양약을 먹고, 침을 맞으러 다녀도 효과가 없었다. 지나고 생각해 봐도 지독히 체력적으로 힘든 육아였다.

아이들은 밤에도 잠을 자지 않았지만, 낮에도 잠을 자지 않았다. 둘 다 잠이 들어도 1시간 후면 깼다. 이건 작은 아이도 마찬가지였다. 큰아이로 시작해서 작은아이가 4~5살이 될 때까지 밤마다 6~7번은 깼다. 이때부터 나는 3시간 자는 것이 소원이 되었다.

큰아이는 에너지 넘치고 매우 예민한 아이였다. 고집도 세고, 떼를 부리는 일이 많았다. 호기심도 넘쳐서 온 집안을 헤집고 다녔다. 손에 닿는 것은 다 망가뜨렸다. 발달은 느렸다. 도대체 얘가 왜 이런지 궁금했다. 잘 크고 있는 것인지 걱정이 되었다. 그리고 자꾸 아이에게 화가 났다.

아이에게 화를 내지 않기 위해서 육아서를 읽었다. 아이가 행동하는 이유를 알면 화가 덜 날 것 같았다. 그렇게 육아서를 읽고 또 읽었다. 자고 싶어도 읽었다. 기운이 없어도 읽었다. 나쁜 엄마가 되는 것을 피하기 위해서였다. 그렇게 읽은 육아서가 50권을 훌쩍 넘겼다. 아니 100권 가까이 될지도 모른다. 그렇게 아이를 위한다는 생각으로 책을 읽었다.

지나고 보니 모두 잘못된 육아였다. 책을 읽을 것이 아니라 헬스장을 다녀야 했다. 내가 화가 났던 이유는 아이 때문이 아니었다. 체력이 되지 않으니 짜증이 났던 것이었다. 육아서를 덮고 운동을 해야 했다. 아이가 먹을 이유식을 열심히 만들 것이 아니라 내가 먹을 음식을 만들어야 했다. 그렇게 나를 돌보고 아껴야 했었다. 그것이 아이에겐 더 좋은 엄마가 될 수 있는 길이었다. 지나고 보니 보인다. 육아를 생각하면 나의 어리석음에 후회가 된다. 아이들에게 너무 미안하다. 코끝이 찡해온다.

절대로 열심히 하면 안 되는 단 하나의 직업이 있다면 엄마다. 열심히 하는 육아는 엄마에게도 독이고, 간섭을 받는 아이에게도 독이다. 최고의 육아는 엄마가 편안한 상태에서 나온다. 엄마가 건강하고, 즐겁고, 행복하면 그것이 그대로 아이에게 가기 때문이다. 무엇보다 엄마가 먼저여야 하는 이유다.

아이가 울고 떼를 부려도 내버려둬야 했다. 아이를 한 번 더 안아줘야 한다는 생각보다 나를 더 안아줘야 했다. 그래야 했다. 그

것이 진짜 육아였다.

암에 걸렸다는 사실을 안 후 내가 너무 불쌍해서 눈물이 났다. 열심히 산 것에 대한 대가가 암이라니 억울했다. 하지만 이것은 다 내가 자초한 일이었다. 인간은 원래 무지로 고난을 겪는다. 다 나의 무지 때문에 암이 찾아왔던 것이다.

내가 죽는다고 생각해 봤다. 아이들이 걱정되었냐고 묻는다면 아니다. 아이들은 내가 없어도 잘 자란다는 것을 알았다. 아니 더 잘 자랄 수도 있겠다는 생각도 했다. 내가 모든 것을 다 해야 한다는 것은 착각이었다. 내가 병원에 입원해 있는 동안 집안은 잘 굴러갔다. 사실 나는 우주의 먼지 같은 존재에 불과하다. 내가 없어진다 한들 세상은 잘만 돌아갈 거다. 아이들도 잠시 슬퍼하겠지만, 그 슬픔으로 더 성숙하고 바르게 자랄지도 모른다. 아이들은 각자의 그릇만큼 알아서 큰다는 것을 이때 깨달았다. 내가 아이의 그릇을 키울 수 있다는 것은 착각이었다. 방해되지 않는다면 다행이다.

이런 생각이 들자, '나만 잘 살면 되는구나'라는 것을 알게 되었다. 초점이 '아이'에서 '나'에게로 옮겨졌다. 내가 나에게 집중할 때, 내가 더 성숙할 때 아이가 더 잘 자란다는 것을 알게 되었다.

결국 나만 잘 살면 되는 것이었다.

모든 일은 내가 존재하고, 그다음이었다. 아이도, 신랑도 내가 존재를 해야 의미가 있었다. 세상에서 가장 소중한 것은 '아이'가 아닌 '나'였다. 내가 존재하고 행복해야 아이와 신랑도 행복할 수 있다는 것을 너무 늦게 깨달았다.

나를 격렬하게 사랑하기로 결심했다. 그렇게 남은 생을 '열심히'가 아닌, '즐기며' 살기로 했다. 그리고 지금 나는 그렇게 살고 있다.

아이를 잘 키우고 싶다면 나를 사랑하면 된다. 가족이 화목하고 싶다면 나를 사랑하면 된다. 그렇게 나에 대한 사랑이 넘치면 그것이 가족에게도 전달된다. 나에 대한 사랑을 꽉 채우는 것이 먼저다.

06

결국 시한부 인생을 살고 있다

'살날이 천년만년 있는 사람처럼 행동하지 말라. 죽음은 항상 문 앞에 와 있다. 그러니 살아 있는 동안, 힘이 있는 동안 선을 행하라.'

– 마르쿠스 아우렐리우스

다행스럽게도 암은 초기로 나왔다. 수술과 방사선 치료를 받았고, 지금은 타목시펜을 복용 중이다.

처음 암 진단을 받고 한참 무서워했을 때였다. 내가 죽을까 봐 무서웠다. 그런데 생각해 보니 나는 어차피 죽는다는 사실을 깨달았다. 다만 그 사실을 잊고 살았을 뿐이었다. 모든 사람은 죽는다.

아픈 사람이든지 건강한 사람이든지 사람은 다 죽는다. 모두 시한부 인생을 살고 있다. 매일 죽음을 향해 걸어가고 있다.

'죽음'에 대한 생각은 지금도 계속 진행 중이다. '나는 곧 죽는다.'라는 사실을 매일 인지하며 살고 있다. 내가 곧 죽는다는 것을 알면 오늘 하루가 소중해진다. 삶의 유한함을 알게 되면 지금, 이 순간이 소중해진다. 우리는 그렇게 소중한 지금, 이 순간을 살고 있는 것이다.

스티브 잡스는 죽음을 인지하는 삶에 대해 이렇게 이야기했다.

'만약 당신이 매일매일 인생의 마지막 날처럼 산다면, 언젠가는 아주 올바르게 사는 사람이 되어 있을 것이다.'

나는 올바른 사람이 되기 위해, 죽기 전에 나의 잠재된 능력을 다 쓰기 위해 고군분투 중이다. 죽음을 인지하기 전에는 그날이 그날 같았지만, 지금은 아니다. 조금 더 나를 바르게 세우기 위해 노력하고 있다. 그렇게 살려고 하니 하루가 정말 순식간에 지나간다.

스티브 잡스는 죽음이 '삶의 변화 매개체'라는 말도 했다. 이 말이 가슴에 와닿는다. 나는 암에 걸린 후 글쓰기를 시작했다. 그리고 지금은 책을 쓰고 있다. 생각하지도 못했던 엄청난 변화가 이루어지고 있다. 이런 일은 나에게만 일어난 일은 아니다. 『고전이 답했다』의 저자 고명환 작가님 역시 교통사고로 죽음을 인지하게 되었고, 그 후 인생이 달라졌음을 이야기했다.

죽음을 인지하자 평범한 일상에 감사할 수 있는 사람이 되었다. 크게 화를 낼 일도 없다는 사실도 알게 되었다. 새로운 것을 시작하는 용기도 생겼다. 죽기 전에 하고 싶은 일은 다 하면서 살아야겠다는 생각도 한다. 더 많이 감사하고, 더 적극적으로 삶을 살기 위해 노력하고 있다. 이렇게 매일을 살다가 내가 가진 잠재력과 모든 에너지를 다 쓰고, 생의 마지막 날을 맞이하고 싶다. 이것이 내가 추구하는 삶이다.

'죽음'은 부정적인 것이 아니다. '죽음'은 원래대로 돌아가는 것일 뿐이다. '죽음'은 자연의 이치다.

나에게 죽음이 언제 찾아올지 모르지만, 오늘을 잘살아 보겠다고 매일 다짐한다. 그렇게 지금도 다시 다짐을 해 본다.

07

몰입이 찾아오다

'그대가 자신의 불행을 생각하지 않게 되는 가장 좋은 방법은 일에 몰두하는 것이다.'

–베토벤

암 수술을 받은 날은 나에게 악몽이 아니었다. 오히려 내 인생에서 결코 잊을 수 없는 행복한 날이었다.

암에 걸렸다는 사실을 안 후 블로그에 글을 쓰기 시작했다. 죽기 전 흔적을 남기고 싶어서였는지, 김영하 작가님이 말한 '자기 해방' 때문이었는지는 모르겠지만, 나는 글을 쓰기 시작했다. (글쓰기는 자신의 속에 있는 것을 드러내게 된다. 그렇게 안에 숨겨져 있던 것을 드러내면 내면의 두려움이나 편견, 나약함, 비겁함 등이 사라진다. 이것이 김영하 작가님이 말씀하시는 글쓰기의 '자기 해방'이다.)

매일 썼다. 그러다 보니 글쓰기에 푹 빠져 하루 종일 썼다. 블로그를 키우려는 목적은 없었다. 그냥 썼다.

수술 전날 블로그에 썼던 〈열심히 하니까 성공을 못 하지〉 글의 일부다.

'저는 지금 암 환자입니다. 내일 수술하러 입원해야 하는데 짐도 안 싸고 이러고 앉아 있습니다. 암 환자가 왜 글을 쓰고 있을까요? 제가 블로그 활동을 열심히 하는 것으로 보이나요? 제가 지금 무엇을 하는 것으로 보이나요? 1일 1포스팅을 하고 있는 걸까요? 블로그 챌린지를 하는 걸까요? 다 틀렸습니다. 저는 지금 놀고 앉아 있습니다. (쓰고 보니 웃기네요.)'

이렇듯 나는 수술 전날도 글을 쓰며 놀고 앉아 있었다.

수술 며칠 전부터 잠이 오지 않았다. 수술에 대한 걱정 때문이 아닌, 글쓰기에 관한 생각 때문이었다. 하루 종일 글을 썼음에도 잠을 자려고 누우면 글감들이 떠올랐다. 그 글감들을 상상하다 보면 생각이 더 또렷해졌다. 그렇게 잠을 잘 수 없을 정도로 뇌가 각성되었다. 그렇게 한참을 뒤척이다가 겨우 잠이 들어도 다음 날 아침 일찍 잠에서 깨어났다. 그냥 눈이 떠졌다. 글을 빨리 써야 했기 때문이다.

산책하면서도 글쓰기를 생각했다. 걷다 보면 새로운 아이디어나 글감들이 더 많이 떠올랐다. 몸을 움직이면 뇌가 움직인다는 말은 사실이었다. 밥을 먹으면서도 글쓰기를 생각했다. 음식을 꼭꼭 씹어먹으며 글을 생각했다. 첨부해야 할 책의 내용도 생각나고, 직접 경험한 일들도 생각났다. 이렇게 나의 모든 시간은 글쓰기를 하고 있었다.

이렇게 며칠이 지나자, 걱정되기 시작했다. 암 환자가 잘 먹고 푹 쉬어야 하는데, 하루 종일 글을 쓰고, 몇 시간 못 잤기 때문이다. 그런데 신기하게도 잠을 푹 자지 못했지만, 아침에 일어날 때 개운했다. 하루 종일 글을 써도 지치지 않았다. 잠을 자기 위해 침대에 누우면 뿌듯함과 풍만함이 밀려왔다. 아침에 눈을 뜨면 글쓰기를 할 수 있다는 것에 행복했다. 매일 하루가 행복했다. 매 순간이 행복이었다. 나는 암 환자였다.

수술을 받는 날도 그랬다. 아침에 눈을 뜨자마자 글부터 썼다. 그렇게 글을 쓰다가 수술을 받으러 갔다. 암 수술에 대한 걱정 따위는 없었다. 수술은 어차피 잘되리라 생각했고, 수술 후 글을 쓰며 놀 생각에 행복했다.

수술을 마친 후 앉을 수 있게 되자, 바로 글을 쓰기 시작했다. 그때 블로그에 쓴 글이 〈성장의 끝판왕 '몰입'〉이다.

'지금 제가 경험하고 있는 짜릿한 이야기입니다.

어쩌면 저는 지금 '몰입'을 하고 있는 것 같습니다. 수술하기 전에도 수술에 대한 걱정보다 글쓰기에 관한 생각을 했습니다. 병원을 가기 직전까지 글쓰기로 놀다가, 병원에 와서도 온통 머릿속엔 글쓰기에 관한 생각뿐입니다. 글쓰기가 있어서 너무 다행이라는 생각까지 들었습니다. 제가 글쓰기로 놀지 않았다면 얼마나 무서웠을까요? 다행스럽게도 글쓰기가 두려움을 많이 반감시켜 주었습니다.

생각하느라 잠을 못 자도 심지어 행복하기까지 합니다. 황농문 교수님의 강의를 들어보면 제가 몰입하고 있는 것 같습니다. 암에 걸린 제가 행복하다니, 이상하지 않나요?'

이렇게 암 수술 날 직접 체험하고 있는 '몰입'을 블로그에 남겼다.

기어이 일이 터지고 말았다. 수술 부위에서 피가 새어 나왔다. 왼쪽 가슴이 터질 듯이 땡땡하게 부었다. 피를 많이 흘린 탓에 혈압도 떨어졌다. 숨도 잘 쉬어지지 않았고, 토할 것 같기도 했다. 진통제도 맞지 못한 채로 고통을 이겨내야 했다. 혈액 검사를 하기 위해 다리에 7~8번 주삿바늘을 꽂았다. 어린아이처럼 눈물을 흘리며 '아파요~'를 연신 외쳤다. 수술할 때보다 이때가 가장 힘들고 아팠던 순간이었다.

재수술 이야기가 오고 가고, 퇴원 날짜가 미뤄졌다. 하지만 반나절 만에 출혈이 멈추어 재수술은 하지 않게 되었다. 천만다행이었다.

수술이 처음부터 잘못되었던 것이었는지, 수술 후 과한 노트북 사용 때문이었는지 정확히는 알 수 없지만 무리한 노트북 사용도 의심이 간다. 멈출 수가 없었다. 가만히 누워 쉴 수 없었다. 무엇에 중독된 것처럼 글쓰기가 너무 재밌었기 때문이었다.

책을 읽다 보면 '아!'하고 깨달음의 순간이 온다. 그렇게 몰랐던 사실을 알게 되면 도파민이 나오고 행복을 느끼게 된다. 하지만 내가 경험한 몰입은 도파민이 주는 행복을 몇 주간 느끼는 것이었다.

이날의 경험이 아직도 생생하다. 그 후 나는 어떤 일을 하든지 몰입하기 위해 노력한다. 왜냐하면 몰입은 행복을 만들기 때문이다. 내가 행복하기 위해 몰입이 필요하다는 것도 알게 되었다. 몰입은 역경이 와도 행복할 수 있는 삶의 기술이었다. 이렇게 배운 삶의 기술을 나는 매일 써먹기 위해 노력 중이다. 내 생의 목표는 매 순간 몰입하며 신나게 노는 것이다.

놀자. 몰입하며 놀자. 이것이 행복하게 나의 잠재력을 다 발휘하는 방법이다. 나만의 인생을 창조하는 방법이다. 얼마나 신나는가? 나는 몰입하며 놀기만 하면 된다. 우리는 놀기 위해 이 세상에 태어났다.

02

제2장

삶의 지혜

나이 듦은 슬픔이 아니다.
꾸준하게 성장한다면
나이가 들수록 더 빛나는
인생을 살 수 있다.

나에게 역경이 찾아오는 이유

'위대한 인간이란 역경을 극복할 줄 아는 동시에 그 역경을 사랑할 줄 아는 사람이다.'

- 프리드리히 니체

얼마 전 지인의 딸이 암에 걸렸다는 소식을 들었다. 19살이었다. 아이가 얼마나 무서울지 생각하니 가슴이 아팠다. 도와줄 것이 없나 찾던 중 지인이 나에게 암과 관련해서 이것저것을 물었다. 내가 암 선배이기 때문이다. 편지를 써야겠다고 생각했다. 그리고 이렇게 글을 남겼다. 글의 일부를 소개한다.

〈큰 역경이 찾아온 너에게〉

'꼭 해주고 싶은 말이 있는데, 너에게 암이 찾아온 이유가 있어. 큰 역경이 찾아온 이유는 네가 큰 사람이기 때문이야. 너를 망칠 수 없는 역경은 너를 크게 만들 수밖에 없단다.

유튜버 '우자까'를 아니? 사고로 왼쪽 머리뼈와 뇌의 일부를 제거한 분이지. 사고 전에는 승무원도 했다가, 은행원도 했다가, 면접 전문가로 일하고, 책도 쓰고, 유튜브까지 하던 분이야. 매우 활발하게 생활했던 분이란다. 그런데 어느 날 사고를 당했어. 그리고 뇌의 일부를 제거하는 큰 수술을 받았지.

어떻게 되었냐고? 처음에는 말도 잘 못했지만, 지금은 본래의 모습으로 돌아왔단다. 아니 더 큰 거인이 되어 돌아왔어. 뉴스에도 나오고, 유튜브 구독자도 폭발적으로 늘었단다. 역경은 이렇게 늘 우리를 큰 사람으로 만든단다.

민망하지만 아줌마 얘기도 들어볼래? 아줌마는 암에 걸리고 글을 쓰기 시작했어. 그리고 지금 글을 쓰기 위해 지금 여행 중이란다. (출판사와 계약을 했거든!) 뿐만 아니라 암 덕분에 죽음을 인지하게 되었단다. 그러니 하루하루가 더 소중하게 느껴진단다. 암에 걸리기 전보다 훨씬 더 건강하고, 에너지 넘치고, 하고 싶은 일을 하면서 지내고 있어. 그래서 아줌마는 암이 준 선물이 너무 많다고 생각하고 있단다. 덕분에 나머지 인생을 매우 멋지게 살 수 있게 되었거든.

아줌마가 40대 초반에 암에 걸린 것도 억울했는데, 19살인 너는 더 억울할 거야. 하지만 반대로 생각해 보자. 암은 인생의 터닝포인트야! 아줌마는 40대에 인생의 터닝포인트를 만났지만, 너는 19살에 만났어. 남은 삶 동안 얼마나 크고 멋지게 성장할지 너의 인생이 아줌마는 기대가 된단다.'

편지를 본 지인이 눈물을 흘렸다. 나도 눈물이 났다. 아이가 반드시 큰 거인이 될 거라고 믿는다. 나 또한 역경으로 크고 있기 때문에 알 수 있는 사실이다.

프리드리히 니체는 '위대한 인간이란 역경을 극복할 줄 아는 동시에 그 역경을 사랑할 줄 아는 사람이다.'라고 말했다. 나는 역경이 찾아오면 '아! 나 또 성장하겠구나!'라고 생각한다. 암이 찾아왔을 땐 큰 역경이 왔으니 크게 성장할 것이라고 믿었다. 그리고 진짜 그렇게 되었다.

고난과 역경 없이는 강인함이 만들어지지 않는다. 역경은 나를 강한 사람으로 만들기 위해 찾아오는 것이다. 그렇게 역경을 헤쳐나가면서 내가 점점 커지는 것이다.

아무 일 없는 평탄한 인생이 좋다고 생각하지만 그렇지 않다. 역경과 고난이 없다면 성장도 없다. 삶이 매우 무료할 것이다. 이 것은 또 다른 형벌이다. 사람은 역경을 뚫고, 고난을 이겨내며 성장하고 행복을 느낀다. 그러니 지금 나에게 역경이 찾아왔다면 심호흡하고 뚫고 나갈 준비를 해야 한다.

역경은 누구에게나 온다. 그것이 삶이기 때문이다. 중요한 것은 역경이 찾아왔을 때 나의 태도다. 그때 선택한 태도에 따라서 그 후의 인생이 갈린다. 역경은 스승이 될 수 있다. 내가 역경을 이용하는 한 그렇다. 역경을 내가 거인으로 만드는 동력으로 사용해야 한다. 그것이 현명한 선택이다.

『회복탄력성』의 저자 김주환 작가님은 이렇게 말했다.

'역경도 극복만 할 수 있다면 좋은 것'이다. 다시 말해서 극복만 할 수 있다면, 역경이 아예 없었던 것보다 더 나을 수 있다는 이 야기다. 그리고 역경을 극복할 수 있느냐 없느냐는 역경 그 자체에 달려 있는 것이 아니라 역경을 겪는 사람에게 달려 있다. 극복해 낼 수 있는 힘, 즉 회복탄력성에 있는 것이다.'

역경은 피할 수 있는 것이 아니다. 누구에게나 온다. 피할 수 없다면 즐기는 편이 낫다. 아니, 즐겨야 한다. 니체의 말처럼 역경을 사랑할 줄 아는 사람이 되어야 한다. 그렇게 나를 위대하게 만들어야 한다.

나는 열심히 살지 않기로 했다

행복은 지금 여기에 있다

'행복은 여정이지, 목적지가 아니라는 점을 기억하라.'

- 로이 M. 굿맨(미국의 정치가)

사람들은 돈을 많이 벌고 싶어 한다. 돈이 많으면 행복할 것 같기 때문이다. 하지만 부자들은 돈이 많아서 행복한 것이 아니다. 행복하기 때문에 돈이 따라붙는 것이다. 성공한 사람들은 돈을 쫓는 것이 아니라 일에 몰입한다. 그러니 일이 놀이가 된다. 즐겁다. 행복하다. 그러니 돈이 따라붙는다.

학생은 명문대 입학을 꿈꾼다. 원하는 대학에 들어가면 행복할 것 같기 때문이다. 하지만 대학이 주는 달콤함은 오래 가지 못한다. 또다시 취업 준비를 해야 하기 때문이다. 대기업에 들어가면 행복할 것 같기 때문이다. 하지만 대기업에 다니는 사람은 은퇴를 꿈꾼다. 일을 쉬면 행복할 것 같기 때문이다.

행복하기 위해 목표를 정하고 달려가 보지만 목표를 달성했다고 해도 그 행복은 오래가지 않는다. 다람쥐 쳇바퀴 돌 듯 살 뿐이다. 이렇게 성과 지향적인 삶은 행복한 삶이라고 할 수 없다.

행복을 '만약'과 연결해서는 안 된다. 즐거움은 목표를 향하는 과정에서 온다. 성취의 즐거움보다 성취하기 위해 애쓰는 과정에서 온다. 그 과정이 때로는 고달프더라도 그것을 이겨내고 성장하는 나를 바라볼 때 큰 기쁨이 온다.

나는 지금 책을 쓰고 있다. 태어나서 처음 쓰는 책이다. 블로그에 글을 쓰고 있었지만, 책을 쓴다는 것이 쉽지 않다. 하지만 집중과 몰입하기 위해 노력하고 있다.

책을 쓰기로 결심한 후 찬물 샤워를 시작했다. 비탈리 카스넬슨의 『죽음은 통제할 수 없지만 인생은 설계할 수 있다』에는 찬물 샤워의 효과가 이렇게 적혀 있다. '찬물 샤워를 마치면 보상으로 따뜻한 물로 한참 샤워를 한다. 이 15분이 매우 중요하다. 창조적인 생각이 가장 잘 떠오르는 순간이다.' '창조적인 생각이 가장 잘 떠오르는 순간이다.' 이 한 줄을 읽고, 그날 저녁부터 찬물 샤워를 시작했다. 책을 쓰는 지금 창조적인 생각이 간절했기 때문이다.

추위를 많이 타는 사람이다. 심각하게 탄다. 한여름에도 수영장에 못 들어갈 정도다. 6월에 글을 쓰고 있는 지금도 내 발은 건식 족욕기에 들어가 있다. 5월까지 집에서 얇은 패딩을 입고 다녔다. 나는 나보다 추위를 더 많이 타는 사람을 본 적이 없다. 이런 내가 찬물 샤워를 시작했다. 상상하지도 못했던 일이다.

찬물 샤워를 하기 전, 팔벌려뛰기를 50회 한다. 그리고 심호흡을 여러 번 하며 마음의 준비를 한다. 팔다리부터 찬물을 묻힌다. 소름이 돋는다. 찬물이 가슴에 닿으면 뇌가 꽉 조이는 느낌도 난다. 손은 부지런히 온몸을 비빈다. 조금이라도 열을 내고 싶나보다. 숫자를 센다. 고통스럽다. 약 2분 정도가 지나면 드디어 따뜻한 물을 튼다. 천국이다. (천국을 맛보고 싶다면 찬물 샤워를 해야 한다.) 찬물 샤워를 해도 죽지 않는다는 사실을 알았다. 나는 2달이 다 되어가도록 여전히 찬물 샤워를 하고 있다.

강원도에 혼자 여행을 갔다. 글을 쓰기 위해서였다. 숙소가 20층이었다. 밖에 나갈 일이 생기면 걸어서 20층까지 올라갔다. 하루에 3번을 오른 적도 있다. 어떻게 해서든 운동을 하려 했다. 몸을 움직여야 뇌가 움직인다는 사실을 알았기 때문이다.

최대한 건강한 음식을 먹으려 한다. 음식은 글을 쓸 때 필요한 에너지를 만든다. 좋은 에너지를 만들어야 좋은 글이 써진다. 이렇게 내가 하는 모든 행동은 책 쓰기라는 목표에 집중되어 있다.

책을 쓰기 위해 노트북을 열면 하얀 화면이 나온다. 이렇게 노력했음에도 어디서부터 시작해야 할지 막막할 때가 있다. 그래도 기어이 한 줄을 쓴다. 그리고 또 한 줄을 쓴다. 그리고 또 한 줄을 쓴다. 그렇게 책을 써 나가고 있다. 결코 쉽지 않은 과정이다. 하지만 글쓰기에 몰입하기 위해 최선을 다하고 있다.

찬물 샤워, 왼손 양치, 20층 오르기, 건강한 음식 먹기 등을 누가 시켰다면? 절대 하지 못했을 것이다. 좋은 책을 쓰고야 말겠다는 나의 의지가 이러한 과정을 만들었다.

나에게 책 쓰기가 힘드냐고 묻는다면 '그렇다'라고 대답할 것 같다. 하지만 힘들기 때문에 즐겁고 행복하다고 이야기할 것 같다. 내가 몰입하며 성장하고 있음을 느끼고 있기 때문이다. 변태 같지만 이젠 찬물 샤워를 즐긴다. 몸이 피곤하면 찬물 샤워가 생각난다. 그리고 한다. 그러면 기분이 좋아진다. 내가 불가능하다고 생각했던 것을 해낸 느낌이 든다. 그렇게 다시 에너지를 채운다.

행복의 비결은 성장과 감사다. 고통스러운 과정을 행복으로 느끼는 이유는 내가 성장하고 있음을 알기 때문이다.

고명환 작가님이 쓴 『이 책은 돈 버는 법에 관한 이야기』에는 이런 글이 나온다.

'성장은 늘 행복을 동반한다. 성장하는 사람은 오늘 하루, 뭘 해야 하는지 아는 사람이다. 성장하는 사람은 시간에 끌려가지 않는다. 시간을 지배한다. 성장하는 사람은 가슴에 열정과 희망이 가득하다. 실패와 고난의 순간에도 행복할 수 있으면 모든 순간 행복할 수 있다.'

요즘 나는 매일 매 순간이 행복하다. 책을 쓰기 위해, 몰입을 만들기 위해 애를 쓰고 있는 모든 과정이 행복이기 때문이다. 잠을 자기 위해 누우면 멋진 하루를 보냈다는 뿌듯함이 몰려온다. 그리고 내일을 설레어 하며 잠이 든다. 내가 너무 멋지다. 진짜 살맛난다.

'나는 행복한가?'라는 질문을 '나는 성장하고 있는가?'라는 질문으로 바꿔보자.

'나는 행복한가?'라는 질문을 '나는 몰입하고 있는가?'라는 질문으로 바꿔보자.

만약 내가 지금 행복하다고 느끼지 못한다면, 성장이 멈춘 것이다. 또는 몰입하고 있지 않다는 뜻이다. 그러니 진정 행복하고 싶다면 몰입하라. 그리고 폭발적인 성장을 느껴라. 이것이 진정 나를 행복하게 만드는 길이며, 성공을 만드는 길이다.

좋아하는 일은 찾는 것이 아니다

'지금 내가 하는 일에 전념하자.
살기 위한 길은 오직 그뿐이다.'
-이나모리 가즈오

'생활 속에서 의미를 찾아 만족을 느끼는 방법에는 크게 세 가지
가 있다. 하나는 지금 하는 일을 사랑하는 것이다. 사랑할 수 없
다면, 지금 하고 있는 일을 작파하고 좋아하는 일을 찾아 떠나는
것이 두 번째 방법이다. 그럴 수도 없다면 지금 하고 있는 일에
대한 태도를 바꾸는 것이다. 그것이 세 번째 방법이다.'
-『나는 이렇게 될 것이다』구본형

사람들은 좋아하는 일을 찾는다. 하지만 좋아하는 일을 찾는다는 것은 매우 어려운 일이다. 좋아하는 일을 찾았다고 해도 새로운 길로 덥석 들어갈 수 없다. 꿈만 먹고살 수 없기 때문이다.

일은 우리의 삶에서 매우 큰 비중을 차지한다. 인간은 일을 통해 성장하기 때문이다. 매일 일을 하며 자아를 확립하고 인격적으로 조금씩 완성해 나간다. 그러니 지금 하고 있는 일을 좋아하지 않는다면 내 삶의 매우 많은 부분을 낭비하는 것과 같다.

'교세라'의 창업자 이나모리 가즈오는 교수님의 소개로 교토에 있는 망해가는 회사에 들어갔다. 그 회사는 환경이 매우 열악했고, 동료들은 다른 회사로 이직했다. 이나모리 가즈오도 이직하려 했다. 다른 회사에 지원했고, 합격 통보까지 받았지만 본가에서 호적초본을 보내주지 않아 입학이 취소되었다. 그리고 다니던 회사에 강제로 남게 되었다. 현실을 원망하던 이나모리 가즈오는 생각 하나를 바꾸기로 했다. 지금 내가 하고 있는 일에 전념하기로 결심하는 것이었다. 이나모리 가즈오는 그 후 매일 희망이 넘치는 하루를 보내게 되었다. 그렇게 결심 하나로 위대한 기업 '교세라'가 탄생하였다.

이나모리 가즈오는 억지로 맡게 된 일이었지만 일을 사랑하기로 결심을 하니 적극적으로 몰두할 만큼 일이 좋아졌다고 말했다. '천직'은 우연히 만나는 것이 아니라 스스로 만들어 내는 것임을 강조했다.

이나모리 가즈오는 지금 자신이 하는 일에 더욱 적극적으로, 가능하다면 무아지경에 빠질 때까지 몰입해 보라고 말한다. 자신이 하고 있는 일에 몰입하면 일을 즐기게 된다.

많은 사람들은 지금 하고 있는 일이 내 적성에 맞지 않지만 단순하게 돈을 벌기 위해 일을 해야 한다고 생각한다. 하지만 맞는지 안 맞는지는 아주 깊이 일을 해 봐야 한다. 앤젤라 더크워스는 『그릿』에 이렇게 말했다. '한동안 일해 보고 상당히 깊이 관여해 봐야 미묘한 상황들을 알게 되고 기쁨을 느낄 수 있는 일도 많습니다. 많은 일이 실제로 해보기 전에는 재미없고, 하찮아 보입니다. 하지만 조금만 지나면 처음에는 몰랐던 많은 면을 알게 되고, 결코 이런 점들을 완벽히 해결하거나 이해할 수 없다는 사실을 깨닫게 됩니다. 그러려면 그 일을 꾸준히 해봐야 합니다.' 일을 제대로 해보지 않고, '나는 이 일을 좋아하지 않는다.'라고 생각할 수도 있다. 먼저 일에 최선을 다해보는 태도가 필요하다. 최선을 다하다 보면 일을 좋아하게 되는 경지에 이를지도 모른다.

내가 지금 하고 있는 일은 글쓰기다. 글을 쓴다는 것은 창조를 만들고 있다는 점에서 나에게 매우 매력적인 일이다. 하지만 항상 즐거운 것은 아니다. 창조에는 고통이 따르기 때문이다. 하지만 '나는 글을 쓰는 사람이 되겠다.'고 결심했다. 그리고 글쓰기를 사랑하기로 했다. 그렇게 고통과 환희를 오가며 글을 쓰고 있다.

아이들이 학교에 가면 글쓰기에 몰입하고, 주말에는 가방을 메고 스타벅스로 간다. 책을 읽고 글을 쓰기 위해서다. 신랑은 이런 나에게 "잘 놀다 와~"라고 이야기한다. 책을 읽고, 글을 쓰는 것은 나에게 놀이이기 때문이다.

얼마 전 중학생 작은아들에게 해준 말이 있다. "어차피 해야 할 일이면 좋아하기로 결심하면 어떻겠니?", 작은아들이 공부가 힘들다고 해서 해준 말이다. 학생은 어차피 공부해야 한다. 예체능이나 다른 일에 몰두해도 좋지만, 그렇지 않다면 공부해야 한다. 어차피 해야 한다면 즐겨야 한다. 피할 수 없다면 즐기기로 결심해야 한다. 그렇게 결심하는 순간, 모든 것이 변하기 때문이다. '교세라'의 창업주 이나모리 가즈오처럼 말이다.

뇌는 내가 결심하는 순간 변한다. '나는 공부를 좋아하는 사람이다.'라고 생각하게 되면 나는 그런 사람으로 변하게 된다. 뇌가 속기 때문이다. 뇌는 잘 속는다. 우리가 드라마를 보면서 눈물을 흘리는 이유는 뇌가 진짜 상황으로 착각했기 때문이다. 이처럼 거짓말인지 아는 상황에서도 뇌는 속는다.

내가 하는 일을 사랑하기로 결심하라. 그렇게 뇌를 자꾸 속여라. 그렇게 속이다 보면 진짜 사랑을 할 수도 있다. 아무리 속여도 안 된다면 그때 다른 길을 찾아도 늦지 않다. 일단 한번은 내 일을 사랑하기로 결심을 해봐야 한다.

오늘만 산다

'매시간을 붙잡아라. 오늘의 의무에 집중하라. 그러면 내일의 일에 크게 의존할 필요가 없다. 우리가 미루고 있는 동안 인생은 빠르게 흘러간다.'

- 세네카

유방암에 걸리고 죽음을 인지했을 때 깨달은 것이 있다. 오늘이 내가 가진 전부라는 사실이다.

내가 진정으로 원하는 삶은 미래에 있지 않다. 왜냐하면 미래는 아직 존재하지 않는다. 과거는 이미 지나가고 없다. 미래와 과거는 없다. 모든 것은 현재다. 지금, 이 순간만이 삶의 모든 것이다. 인생은 현재의 연속일 뿐이다. 그렇다. 인생은 마라톤이 아닌, 오늘의 연속이다.

'사랑하라. 지독하게 사랑하라.

삶은 꽃과 같으니 오늘의 꽃은 오늘 따야 함을 잊지 마라.

그는 삶이 단명하기에 더욱 아름답다고 했다. 신이 인간의 일회성을 시샘한다고 했다. 과거는 지나갔고 미래는 환상이니 우리가 살아낼 수 있는 것은 오직 지금뿐, '일상의 황홀'을 추구하는 그에게 모든 순간은 축제였다.'

『나는 이렇게 될 것이다』 책의 일부다. 나는 오늘이라는 선물을 매일 축제로 만들기 위해 노력한다. 내가 되고 싶은 사람이 되기 위해 최선을 다한다. 한순간도 낭비하고 싶지가 않다. 지나간 시간은 되돌릴 수 없다는 것을 알기 때문이다.

『데일 카네기 자기관리론』에는 우리가 구원받아야 할 날이 오늘이라고 말한다. 죽은 과거를 단절하고, 태어나지 않은 미래를 차단하면 오늘을 구원할 수 있다고 말한다. 과거를 후회한들 바뀌지 않는다. 일어나지 않는 미래에 대한 걱정은 스트레스만 만들 뿐이다. 후회와 걱정을 차단하고 오늘, 지금, 이 순간 행복해야 한다. 그것이 나를 구원하는 길이다.

평범한 일상도 축제가 될 수 있다. 나는 매일 논다. 노는 방법은 쉽다. 매일 아침 일어나 아침 일기를 쓰며 논다. 아이들을 학교에 보내고 따뜻한 차 한잔을 마시며 글을 쓰며 논다. 매일 맛있는 샐러드를 먹으며 나를 사랑하며 논다. 아침을 먹고 딸과 산책하며 논다. 산책하며 떠오르는 생각과 아이디를 꽉 잡고 집으로 돌아와서 또 글을 쓰며 논다. 글을 쓰다 지치면 '오늘 오전 시간은 너무 재밌었다.'라고 생각하며 낮잠도 30분 잔다. 명상도 10분 한다. 다시 일어나 또 신나게 논다. 아이들이 오기 전에 점심을 차려 먹고, 가사로 혈당을 잡으며 논다. 아이들이 오면 저녁을 차려놓고 폴댄스 학원으로 신나게 달려간다. 발끝과 무릎을 피고 더 예쁘게 폴을 탈 생각을 하면 설렌다. 집으로 돌아와 찬물 샤워도 하고, 저녁 일기도 쓴다. 잠이 들 때면 너무 완벽한 하루를 보냈음에 뿌듯함이 몰려온다. 이렇게 하루를 보낸 내가 너무 멋지다. 나는 이렇게 매일 논다. 사는 것이 너무 재밌다.

죽음을 인지한 사람은 오늘이 선물임을 안다. 그러니 살아있다는 것 자체만으로 감사한 마음이 든다. 지나가다 본 꽃 한 송이에도 행복을 느끼고, 날씨가 좋으면 좋아서 행복하고, 비가 오면 비가 와서 행복하다. 행복은 지금, 이 순간에 있는 것이다. 나는 지금, 이 순간 행복을 선택할 수 있다.

『이 책은 돈 버는 법에 관한 이야기』의 저자 고명환 작가님는 '오늘 행복하지 못한 사람은 다가올 오늘에도 절대 행복할 수 없다.'고 말했다. 돈이 생기면 행복할 것 같다고 생각하는 사람은 돈이 생겨도 행복할 수 없다. 왜냐하면 더 많은 돈이 필요하기 때문이다. 무엇이 있어서 행복한 것이 아니다. 지금, 이 순간 살아 있음이 행복이다. 건강한 음식을 먹을 수 있음이 행복이고, 침대에서 잠을 잘 수 있음이 행복이다. 설거지를 할 수 있음도 행복이다. (아파서 팔을 못 써보면 안다.) 사람들은 지금, 이 순간이 행복인 것을 모른다. 꼭 커다란 불행이 찾아와야 일상이 행복이었음을 깨닫는다.

행복도 불행도 습관이다. 행복한 사람은 모든 문제를 긍정적으로 바라본다. 반대로 불행한 사람은 모든 문제에 불평불만이 많다. 행복하고 싶다면 내가 행복을 선택해야 한다. 매일 감사해하며 행복하다고 말해야 한다. 그래야 나의 오늘이 행복할 수 있다. 오늘이 행복한 사람은 다가올 오늘도 행복하다. 그리고 죽음을 맞는 오늘도 행복할 수 있다. 나는 내 인생의 마지막 날을 행복하게 맞이하고 싶다. 그래서 오늘도 행복을 선택한다.

『이어령의 마지막 수업』에서 이어령 선생님은 죽음이 생의 절정이라고 말했다. 우리는 그 절정을 향해 매일 한 발 한 발 내딛고 있다. 죽음이 절정이었다. 그 절정을 위해 나는 오늘도 잘 살아야겠다고 다짐한다. 이것이 선물에 대한 예의다.

나의 50대가 설렌다

나의 50대를 상상하면 설렌다. 상상 속 나의 50대는 반짝반짝 빛나고 있다. 지금보다 더 지적이고, 인격적으로도 훌륭한 모습이다. 세련된 모습으로 깨달았던 모든 지식과 지혜를 남들과 나누고 있다. 50대의 나는 배움에 여전히 열정적이다. 더 많은 지식을 탐구하고, 지혜를 쌓고 있다. 깨달음이 주는 행복을 안다. 더 많은 것에 도전하고, 새로운 경험을 쌓는 일에 주저하지 않는다.

아이들은 건강하고, 긍정적이고, 도전적인 모습으로 성장했다. 같은 성인의 모습으로 아이들과 멋진 대화를 하고 있다.

육아 해방으로 많아진 시간을 나에게 더 집중하고 있다. 나를 더 격렬하게 사랑할 줄 안다. 건강한 음식과 꾸준한 운동으로 누구보다 멋진 외모와 20대만큼 강인한 체력을 가지고 있다.

하고자 하는 일은 반드시 해내는 기술도 가졌다. 그릿(grit, 열정적 끈기)은 나이가 들수록 증가하기 때문이다. 40대까지 쌓은 경험을 발판으로 50대의 성공은 핵폭탄처럼 터진다. 그럴 수밖에 없다. 나는 올바른 습관들로 무장되어 있기 때문이다. 아침에 일어나 명상하고, 이불을 개고, 일기를 쓴다. 게리 켈러는 『원씽』에서 습관을 만드는 것에 66일이 걸린다고 했다. 1년에 5개의 좋은 습관을 내 것으로 만들 수 있다면 5년 후 나의 50대는 아주 올바른 습관으로 꽉 차 있을 것이다. 포텐이 터질 수밖에 없다.

경제적으로도 매우 풍족하다. 어려운 사람을 도울 수 있게 되었다. 나의 50대는 내가 가진 모든 것을 나눌 줄 아는 사람이다. 50대에 더 좋은 것을 나누기 위해 40대인 지금 오늘 하루를 더 좋은 것들로 채우고 있다. 좋은 것이 있어야 좋은 것을 나눌 수 있기 때문이다.

나의 두려움은 후회와 아쉬움이다. 나의 잠재력을 다 쓰지 못하고 생을 마감하는 것은 두렵다. 도전하지 않은 것을 후회하는 것이 두렵다. 나를 더 사랑하지 않았다는 아쉬움이 남는 것이 두렵다. 가족들과 사랑을 더 나누지 못한 것이 두렵다. 온전히 살지 않았음이 두렵다. 나의 두려움은 죽음이 아니다. 허송세월이다.

50대 역시 역경은 찾아오겠지만 죽음 앞에선 그 어떤 역경도 작아 보인다. 역경은 나를 더 큰 사람으로 만들기 위해 찾아온다는 사실을 알고 있다면 조금 더 담대하게 맞을 수 있을 것이다. 50대엔 역경이 온다고 해도 기꺼이 온몸으로 받아들이며 거인으로 성장할 것이다. 그렇게 역경을 활용할 줄 아는 지혜가 50대의 나에겐 있다.

나의 절정은 아직 오지 않았다. 『시대 예보: 핵개인의 시대』의 저자 송길영 작가님은 사람의 효능감 절정은 60대라고 말했다. 증거를 찾아보자면 방송인 최화정 님이 있다. 불과 몇 개월 전에 〈안녕하세요 최화정이에요〉 유튜브를 시작했는데 지금은 구독자 수가 70만 명이 넘는다. 유튜브 속 최화정 님의 모습은 너무나 매력적이다. 여전히 아름답다. 풍족한 삶을 누리고 있으며, 건강하고 맛있는 음식을 뚝딱 만든다. 밝고 긍정적이며, 활력이 넘친다. 이런 매력에 사람들의 시선을 끌고 있다.

과거의 60대는 할머니 취급을 받았지만, 지금의 60대는 아직 청춘이다. 물론 60대를 청춘으로 만드는 것은 나의 몫이다. 고작 40대부터 나이 들었다며 도전을 멈추고, 배우기를 멈춘다면 빠르게 늙을 수밖에 없다. 마흔은 아직 청춘이다. 이제 막 삶의 절정기에 한 발 들여놓았을 뿐이다.

윤여정 배우도 생각난다. 윤여정 배우의 나이는 1947년생이다. 78세다. 2021년 우리나라 배우 최초로 아카데미 시상식에서 여우조연상을 받았다. 영화 〈미나리〉 덕분이었다. 유창한 영어 실력으로 센스 넘치는 수상소감에 관객은 또 한 번 놀랐다. 윤여정 배우의 절정은 지금이다. 그렇게 계속 절정을 만들어 가고 있다.

나이 듦은 슬픔이 아니다. 꾸준하게 성장한다면 나이가 들수록 더 빛나는 인생을 살 수 있다. 그리고 더 행복해질 수 있다.

난 나의 50대가 기대된다. 상상은 이루어진다는 것을 안다. 나는 반짝이는 50대를 상상하고 있다.

06

AI 시대 꼭 필요한 능력 3가지

'미래를 예측하는 가장 좋은 방법은 미래를 창조하는 것이다.'

-피터 드러커

사람들은 미래를 두려워한다. 왜냐하면 내가 AI에 대체될 것 같기 때문이다. 실제로 그렇게 될 확률이 높다. AI가 나보다 월등하게 뛰어나기 때문이다. 특히 지식 면에서는 더 그렇다. 내가 아무리 공부한다고 한들 AI의 지식을 따라갈 수 없다. 더 무서운 것은 AI가 지금도 학습하고 있다는 것이다. 먹지도 않고, 잠도 자지 않는다. 그리고 엄청난 속도로 학습하고 있다. AI를 인간이 이길 수 있을까?

학부모들은 너무 불안하다. AI 시대 아이가 밥벌이를 제대로 할 수 있을지 의문이 들기 때문이다. 30년 전만 해도 공부만 잘하면 미래가 보장되었다. 명문대에 입학해서 대기업에 들어가기만 하면 그 후 인생은 비교적 안정적으로 살 수 있었다. 하지만 지금은 아니다. 세상은 급변하고 있다. 처음 챗GPT가 나왔을 때는 공포였다.

부모도 어떻게 살아남아야 할지 정답을 모른다. 그러니 사교육에 더 집착한다. 불안하기 때문이다. 불안할수록 공부에 더 악착같이 매달릴 수밖에 없다. 하지만 암기를 잘하고 지식이 많은 사람이 대접받던 시대는 끝났다. 암기와 지식은 AI를 따라갈 수 없기 때문이다. 그렇다면 우리는 AI 시대에 어떻게 살아남아야 하는가?

AI 시대에는 3가지 능력이 꼭 필요하다. 사고력과 질문력과 창의력이다.

〈AI 시대 수학 공부는 왜 해야 하나?〉

어느 날 큰아들이 뜬금없이 이런 질문을 했다.

"엄마, 어차피 다 AI에 대체될 거잖아요? 지금 직업들 다 없어질 거잖아요? 열심히 공부할 필요 없잖아요?"

이 질문에는 많은 의미가 담겨 있었다. 우리 아이만 이렇게 생각할 것 같지는 않다. 대학이 미래를 보장해 주지 않는다는 사실을 아이들도 알고 있다. 아무리 공부해도 AI를 이길 수 없다는 것도 안다. 그렇다면 '나는 왜 공부를 해야 하는가?'에 대한 의문이 생길 수밖에 없다.

가끔 세상의 변화 속도를 체감할 때면 두렵다. 아이들은 오죽할까? 아이들은 미래가 불안하다. 이것은 부모도 마찬가지다.

나는 6년쯤 전에 AI의 무서움을 맛봤다. 이지성 작가님의 『에이트』를 읽었을 때였다. 책 속에는 월스트리트에서 최고의 연봉을 받으며 일하던 공부 천재들 이야기가 나온다. 이미 6~7년 전에 공부 천재들이 AI에 대체되고 있었다. 설마? 진짜? 처음엔 믿기 어려웠다. 하지만 이지성 작가님의 『에이트』는 베스트셀러였다. 엄청나게 많이 판매되었는데, 내용이 사실이 아니라면 아마 무슨 사단이 나도 났으리라 생각했다.

신랑에게 이 이야기를 했더니 콧방귀도 뀌지 않았다. 신랑은 엔

지니어다. 너무 먼 미래의 이야기를 작가가 과장해서 쓴 것 같다고 했다. 하지만 먼 미래가 아니었다. 우리는 지금 AI 시대에 살고 있다.

『에이트』에 나오는 '켄쇼' 이야기를 더 들어보자.

'인공지능 켄쇼가 골드만삭스 뉴욕 본사에 입사했다. .... 켄쇼는 당시 월스트리트에서 가장 많은 연봉을 받던 600명의 트레이더가 한 달 가까이 처리해야 하는 일을 고작 3시간 20분 만에 끝낼 수 있었다. 그것도 600명이 합한 것보다 몇 배는 일을 더 잘해서 회사에 막대한 이익을 안겨주었다. 덕분에 598명의 트레이더는 회사에서 할 일이 없어졌다.'

여기서 남은 두 명은 인공지능보다 일을 더 잘해서 살아남은 것이 아니었다. 인공지능의 업무를 보조할 인력이 필요해서다. 한마디로 남은 두 명은 인공지능의 지시를 받는 처지가 되었다.

2013년 인공지능 켄쇼는 엄청난 능력을 보여줬다. 모건스탠리 분석가 15명이 한 달 가까이 처리해야 할 일을 5분 만에 처리했기 때문이다. 인공지능은 2014년에 골드만삭스에 입사했다. 『에이트』의 저자 이지성 작가는 이때부터 월스트리트에서는 인공지능이 인간의 지배를 벗어났으며, 인간을 지배하기 시작했다고 말한다. 더욱 놀라운 점은 인공지능이 지배하기 시작한 사람들이 아이비리그를 우수한 성적으로 졸업한 공부 천재들이었다는 사실이다.

자, 그러면 AI 시대에 공부는 필요 없는 것일까? 아니다. 더 치열하게 공부해야 한다. 더 치열하게 지식을 탐구해야 한다. 그렇게 창조를 만들어야 한다. 이것이 AI 시대에 살아남는 방법이다.

수학 공부를 힘들어하는 둘째 아들에게 물었다.

"OO아, 수학 공부는 왜 해야 할까?, 어차피 계산은 AI가 더 빠르고 정확한데 너는 지금 수학 공부를 왜 해야 할까? 엄마를 봐도 학창 시절 배웠던 수학 공부 써먹지도 못하는데 수학 공부는 왜 해야 할까?"

AI 시대에 수학 공부를 왜 해야 하는지 알려주고 싶어서 질문을 던졌다. 그리고 아이가 한참 동안 생각하더니, 왜 해야 하는지 알려달라고 했다.

"수학은 한 문제 더 맞고 틀리고가 중요한 것이 아니야. 안 풀리는 문제를 풀기 위해 깊이 사고하는 태도를 배우기 위해 수학 문제를 푸는 거란다. 이렇게 키운 사고력은 결국 다른 일에도 적용되어 너의 삶에 영향을 줄 거야. 깊이 사고하는 능력은 올바른 판단을 만들고 몰입도 만들 수 있단다."

아이들이 수학 문제를 풀어야 하는 이유는 더 좋은 대학을 가기 위해서가 아니다. 수학 문제를 푸는 과정을 통해 사고력을 키우기 위해서다. 모든 문제 해결은 깊은 사고에서 나온다. 인생은 문제를 해결해 나가는 과정이다. 결국 수학 문제를 푸는 것이 인생의 문제를 해결하는 것에 도움을 준다.

AI 시대에는 과거에 비해 사고력이 더욱 필요해졌다. 깊은 사고력은 결국 창조를 만들기 때문이다. 앞으로 단순 암기나 지식보다 창의적인 아이디어를 가진 사람이 대접받는 시대다. 창의적인 생각은 깊은 사고력 없이는 불가능하다.

그렇다면 아이들은 수학 문제로 사고력을 키우면 되지만, 성인은 어떻게 사고력을 키워야 할까? 책을 읽어야 한다. 독서의 중요성은 아무리 강조해도 지나치지 않다. 세상을 살아가는 데 필요한 해답은 책 속에 있다. 답이 있지만 사람들은 읽지 않는다. 그리고 릴스와 쇼츠 중독에 빠져있다.

책을 읽으면 다양한 인물과 사건을 간접 경험하게 된다. 고난과 역경을 헤쳐 나가는 사고의 과정을 책 속에서 배우게 된다. 책을 읽으면 논리적 사고도 발달한다. 책 내용의 인과 관계를 분석하고, 사실과 의견, 비판적 사고도 해야 하기 때문이다. 지금은 정보가 넘쳐나는 시대다. 정보가 너무 많아서 문제다. 많아도 너무 많다. 이제는 파도처럼 밀려오는 정보 중 어느 것이 나에게 필요한 정보인지 찾고, 가짜 정보와 진짜 정보를 구분할 줄 알아야 한다. 이런 내공은 책을 읽지 않으면 가질 수 없다. AI 시대 독서는 취미 생활이 아니다. 생존이다.

AI 시대는 그 어느 때보다 사고력이 필요한 시대이다. 아이가 수학 공부를 해야 하는 이유다. 어른이 책을 치열하게 읽어야 하는 이유다. 깊은 사고력을 가진 자만이 AI 시대에 살아남을 수 있다.

〈검색의 시대는 가고 질문의 시대가 열렸다〉

AI 시대 핵심 능력은 '무엇을 아는가?'가 아니다. '무엇을 질문할 수 있는가?'이다. 질문을 어떻게 하는가에 따라서 AI의 답은 달라진다. 좋은 질문을 던진 사람일수록 더 질 좋은 해답을 얻을 수 있다. 질문력이 실력이 되는 시대가 되었다.

학생들은 과제를 받으면 AI를 활용한다. 어차피 AI를 활용하는데 지식은 왜 쌓아야 하는지 의문이 들지도 모른다. 실제로 많은 학생들은 아무리 공부해도 AI를 이길 수 없다고 생각하고 공부에 대한 의지를 꺾는다. 아니다. AI가 있으니 더 치열하게 공부해야한다. 더 전문적인 지식을 쌓아야 한다. 그래야 AI를 활용할 때 더 좋은 질문을 던질 수 있기 때문이다.

AI 시대는 단순히 지식을 암기하는 것보다 질문하고 답을 찾는 능력이 중요해졌다. AI는 답을 제공하지만, 질문은 인간이 해야한다. 때문에 풍부한 배경지식과 창의적 사고력을 바탕으로 좋은 질문을 하는 것이 AI 시대 생존의 핵심이 되었다.

질문은 단순한 기술이 아니다. 질문을 한다는 것은 단순히 질문을 잘 만드는 능력이 아니다. 질문을 잘하기 위해서는 본질을 꿰뚫는 통찰력과 문제의 구조를 이해하는 사고력이 필요하다. 때문에 좋은 질문을 찾는다는 것은 쉬운 일이 아니다.

AI 시대는 '답'보다 '질문'이 중요해졌다. AI가 아무리 똑똑해도,

좋은 해답을 찾는 질문은 사람이 해야 한다. 이제는 더 이상 '무엇을 아는가?'가 아닌, '무엇을 물을 수 있는가?'가 실력이다. AI에 대체되지 않는 사람이 되고 싶다면, 통찰력이 담긴 질문을 할 줄 아는 사람이 되어야 한다

〈질문의 힘〉

질문은 AI 활용에만 필요한 것은 아니다. 나는 질문의 힘을 누구보다도 잘 안다. 집에서 옷을 팔아보며 질문으로 많은 문제를 해결해 나갔기 때문이다. '집에서 파는 옷이 장사가 되겠어?'라고 생각하겠지만, 장사가 잘되었다. 오픈 시간에 사람들이 문 앞에 줄을 서기도 했다. 사람들이 많아지자, 주 2회 오픈하던 장사를 주 3회로 바꾸었다. 단골들이 늘어났으며, 심지어 회사에 반차를 쓰고 오는 고객도 생겼다. 그래서 한 달에 한 번은 토요일 오픈도 진행했었다.

장사가 잘되자 집을 장만한 지 1년 만에 더 큰 집을 꿈꿨다. 위 단지의 초대형 평수에서 집의 한쪽을 숍으로 꾸며놓고, 매니저님과 함께 일하는 상상을 했다. 그 상상은 곧 이루어졌다. 나는 지금 그 집에 살고 있다.

집에서 옷을 파는 일은 결코 쉽지 않았다. 로드숍은 지나가는 손님에게 노출이 되고, 온라인 쇼핑몰은 광고로 노출이 되지만 집은 노출이 안 된다. 노출이 전혀 되지 않는 집에서 어떻게 고객을 끌어모을 수 있을까?를 질문했다. 고민하고 또 고민했다. 입소문밖에 없었다. 그렇다면 입소문을 어떻게 낼 수 있을까?를 또 질문했다. 답은 간단하다 고객이 지불한 돈보다 월등히 높은 가치를 전달하면 된다. 이것은 장사의 기본이다. 너무 쉽다. 어떤 장사를 하든지 이 개념만 알면 일단 장사가 망할 확률은 굉장히 낮다.

어떻게 고객이 지불한 가격보다 더 높은 가치를 줄 것인가? 또 질문했다. 일단 처음 찾아온 고객을 기절시켜야겠다고 생각했다. 첫 고객은 둘째 아들(당시 초등학교 1학년에 입학했다.) 친구 엄마들이었다. 이 엄마들의 마음을 잡아야겠다고 생각했다. 집에서 옷을 판다고 얘기하며 명함을 돌렸다. 엄마들이 매우 신기해하며 방문했다. 집에서 옷을 파니 엄마들은 그냥 보따리장수처럼 생각했지만, 나는 집을 매우 고급스러운 옷 가게로 꾸몄다.

결혼 9년 만에 내 집 장만에 성공한 나는 평생 살 집이라고 생각하고 인테리어를 예쁘게 했었다. 지나고 보니 옷 가게 인테리어를 한 셈이다. 하얗고 깨끗하게 인테리어를 한 집에 고급 행거를 두고 골드 거울도 두었다. 옷걸이조차 가격이 비싼 골드로 준비했다. 고급진 이미지를 만들기 위해 기본적인 것에 투자했다. 그래 봤자 얼마 안 들었다. 장사를 시작하는 것에 들었던 총비용은 500만 원을 넘지 않았다.

첫 고객이 문을 열고 들어오자마자 '와~'하고 감탄했다. 그리고 옷을 둘러보면서 한 번 더 감탄했다. "언니, 이 가격이 맞아요?", "어 맞아~" 몇 번이고 택에 붙은 가격을 다시 물어봤다. 너무 저렴했기 때문이다. 집에다 가게를 차렸기 때문에 월세 등 유지비가 전혀 들지 않았다. 때문에 옷값을 아주 저렴하게 책정할 수 있었다. 하지만 의도된 가격이기도 했다. 일단 고객들을 기절시켜야 했다. 그래야 입소문이 나고, 장사를 할 수 있었기 때문이었다. 이익을 남기는 것보다 고객 감동이 먼저였다.

정말 입소문이 났다. 아줌마들의 입소문 속도는 매우 빨랐다. 한 번 왔다 간 손님은 또 다른 고객을 끌고 왔다. 집에 차린 옷 가게는 동네 사랑방이 되었다. 아이들을 학교에 보내고 아줌마들이 모여서 옷을 편하게 입어보고 구경하며 놀다 가는 곳이 되었다.

장사가 잘되니 신이 났다. 체력적으로는 매우 힘들었으나, 아이만 키우던 아줌마가 사장님이 되었다니 그렇게 뿌듯할 수가 없었다.

그렇게 장사 1년 반 만에 초대형 평수의 집을 샀다. 그리고 그 집 한쪽을 숍으로 꾸미고 장사를 했다. 이젠 동네 아줌마들뿐만 아니라 멀리서도 찾아왔다. 매니저님과 함께 일했다. 그렇게 〈입어보는집〉은 날로 커졌다.

집에서 장사를 하면서 깨달은 점이 있다. 모든 해결책은 질문에서 나온다는 것이다. 소크라테스는 '믿기지 않겠지만 인간이 지닌 최고의 탁월함은 자기 자신과 타인에게 질문하는 능력'이라고 말했다. 질문은 탁월함을 만드는 길이며, 질문력이 실력임을 장사를 통해 알게 되었다.

인생은 문제를 해결해 가는 과정이다. 나는 장사를 했을 때도 질문을 했지만, 일상생활에서도 끊임없이 질문을 한다. 1시간 전에도 질문을 했다. 아침 식사 후 급격하게 컨디션이 다운됨을 느꼈다. 방에 들어가서 눕고 싶었다. 질문을 던졌다. '어떻게 에너지를 채워서 책을 쓸 수 있을까?' 답이 나왔다. 빠르게 양말을 신고, 딸(강아지)을 데리고 밖으로 나갔다. 산책하면서 목표를 입으로 중얼거렸다. 그리고 집으로 돌아와 찬물 샤워를 했다.(찬물 샤워는 도파민이 나온다. 하기 싫은 일을 꼭 해야 할 때 에너지를 채우는 방법으로 매우 좋다.) 위의 행동을 하고 앉아 글을 쓰기 시작했다. 그리고 1

시간이 넘도록 몰입하고 있다. 매우 멋진 질문이었다.

질문을 습관화하면 매일이 재밌어진다. 질문은 항상 더 좋은 방향을 제시하기 때문이다. 때로는 '와!'하는 해답을 찾을 때도 있다. 이럴 때 나는 희열을 느낀다.

탁월한 삶을 추구한다면 질문을 가지고 놀아야 한다. 나는 매일 질문하며 논다. 질문을 던지는 삶은 매일이 새롭다. 그렇게 매일 새로운 날을 만들고 있다.

〈진짜는 창의력이다〉

3시간만 옷 가게 문을 열었던 이유가 있었다. 사람들이 많아 보이게 하기 위해서였다. 손님이 많아 보기에 하기 위해서는 짧은 시간 동안 오픈해야 했다. 그래야 그 시간에 손님이 몰리기 때문이었다. 고객을 편하게 하기 위해서는 매일 옷 가게 문을 여는 것이 맞지만, 나는 고객의 머릿속에 '장사가 잘되는 집'이라는 이미지를 떠오르도록 해야 하는 것이 먼저라고 생각했다. 그렇게 만들기 위해 짧은 시간만 장사를 했다. 그리고 내 생각은 맞았다.

같은 옷도 여러 벌 팔지 않았다. 동네 장사이기 때문에 고객이 똑같은 옷을 입은 사람을 보면 기분이 좋지 않을 것 같아서였다. 그렇게 된다면 〈입어보는집〉에서 옷을 사기가 두려워질 것이다.

비록 집에서 옷을 팔았지만, 명품 판매를 흉내 냈다. 내 상품을 귀하게 만들었다. 옷은 한 벌만 팔았다. 주문해달라고 요청해도 받지 않았다. 그러니 고객들이 오픈 시간에 줄을 섰다. 신상품을 가장 빠르게 보고 구매하고 싶어서였다. 고른 옷을 지금 사지 않으면 살 수 없게 만들었다. 이 방법은 구매를 미루는 것을 막을 수 있었다. 다음번에 구매할 기회가 있다면 사람들은 구매를 미룬다. 나는 그것을 차단했다.

때문에 〈입어보는집〉의 옷들은 희소가치가 생겼다. 그리고 고객은 마음에 드는 옷을 빠르게 구매했다. 옷을 구매한 고객은 운이 매우 좋았다고 생각했다. 줄을 서서 원하는 것을 얻게 되면 만족도가 더 커진다. 나는 이렇게 고객 만족을 만들었다.

〈입어보는집〉에서 팔았던 옷들은 동대문에서 사입한 옷들이었다. 똑같은 옷이 전국에 있었다. 하지만 같은 옷이라도 〈입어보는집〉에 들어오면 희소한 가치가 생겼다. 고객들은 〈입어보는집〉의 옷들을 좋아했다. 나는 의도적으로 고객을 불편하게 했다. 그리고 이것은 마케팅적으로 매우 성공적이었다.

집에서 장사를 하면서 가장 크게 얻은 것은 돈이 아니었다. 창의력이었다. 어떻게 하면 고객이 〈입어보는집〉을 더 좋아하게 만들지 고민했다. 어떻게 하면 고객에게 더 좋은 가치를 전달할지 고민했다. 즉, 질문을 계속 던졌다. 그리고 해답을 찾아갔다.

집에서 옷을 팔겠다는 것은 재미있는 아이디어였다. 집이라는 공간에서 낯선 경험을 팔았다. 고객이 구매해 간 것은 옷이 아니었다. 낯선 경험이었다. 재미있는 경험은 나의 상상으로 만들어졌다. 그렇게 나는 상상을 팔았다.

장사를 하면서 많은 일들을 시도했다. 그리고 그 일들은 나의 질문력과 문제해결력을 키우고 창의력도 키웠다. 나는 이것이 내가 장사를 하면서 얻은 가장 값진 것이라고 생각한다.

07

독서와 글쓰기는 생존이다

　　독서는 문제를 해결하고, 올바른 선택을 만든
다. 인생은 선택의 연속이다. 올바른 선택의 연속은 나의 삶을 올
바른 방향으로 이끈다. 반면에 올바르지 않은 선택은 삶을 힘들
게 만든다.

　책은 해답지다. 내가 힘들어하는 모든 일들은 이미 먼저 겪은
선배들이 있다. 친절하게도 본인이 겪은 일과 깨달음들을 책으로
만들어 놓았다. 책 한 권은 그냥 만들어지지 않는다. 책 한 권을
만들기 위해 작가들은 수십에서 수백 권의 책을 읽는다. 나만 해
도 그렇다. 지금의 책 한 권을 쓰기 위해 수십 권의 책을 읽고, 또
읽고 있다. 그리고 요약본도 만들었다. 요약본이 책 한 권 분량이

다. 이 요약본을 내 경험과 또 섞고 있다. 새롭게 창조하는 과정이다. 내가 했던 경험을 이론적인 것과 섞고 있는 것이다. 나만 그런 것이 아니다. 저자들은 다 그렇다. 알고 있는 좋은 것들을 책 속에 모두 담기 위해 노력한다. 그렇게 작가의 피와 땀으로 책이 한 권씩 만들어진다.

최고의 투자처는 나에게 하는 투자다. 가성비가 가장 좋은 투자는 독서하는 것이다. 뇌는 상상과 현실을 구분하지 못한다. 책에서 읽은 내용들은 뇌의 관점에서 보면 직접경험에 가깝다.

책을 읽으면 저자가 경험한 것들을 체험할 수 있다. 책을 수백 권 읽으면 수백 명의 저자들의 경험을 내 것으로 만들 수 있다. 수천 권을 읽으면 수천 권의 경험이 쌓인다. 얼마나 가성비가 좋은가! 저자들의 시행착오를 나는 책을 읽으며 미리 겪어 볼 수 있다. 작가가 역경을 헤쳐 나가는 과정 역시 책을 읽으며 같이 경험해 볼 수 있다. 이렇게 책으로 미리 경험하게 되면 나에게 노하우가 생긴다. 삶을 대하는 지혜가 생기는 것이다. 책을 읽음으로써 현실 속의 나는 올바른 판단을 내릴 확률이 커진다.

독서를 즐겨 했지만 내가 크게 변하고 있다는 생각은 들지 않았다. 하지만 나의 성장이 급격하게 빨라지고 있다고 느낀 적이 있다. 바로 암에 걸리고 글을 쓰기 시작했을 때다. 글을 쓰기 전 독서는 눈으로만 읽는 독서였다. 하지만 글을 쓰기 시작하자 쓰기 위한 독서로 바뀌었다. 쓰기 위한 독서로 바뀌자 읽는 방법부터 달라졌다. 책을 읽을 때부터 쓸 것을 생각하면서 읽었다. 이것은 그냥 눈으로만 읽었을 때와 매우 큰 차이를 보였다. 나에게 적용할 것을 찾으며 책을 읽기 시작하자 책의 핵심 내용이 더 잘 보였다. 그리고 더 많은 내용이 기억에 남았다. 읽은 내용을 블로그에 글을 쓰며 공유하면 책의 내용은 완전히 내 것이 되었다. 그렇게 책을 내 것으로 만들며 읽기 시작했다.

이지성의 『에이트』와 부아c의 『부의 통찰』에는 '2090년 미래 계급 전망'이 나온다. '2090년 미래 계급 전망'은 서울대 유기윤 교수팀의 연구 결과다. 연구에 따르면 2090년 미래 계급의 99.9%는 AI보다 아래 계급인 프레키아트 계급이다. AI보다 높은 계급을 가진 사람은 플랫폼 등 기술을 소유한 기업인과 정치인, 연예인 같은 스타다. 여기에 콘텐츠 생산자도 포함된다.

사람의 99.9%가 AI보다 낮은 계급에 속하다니, 무서운 얘기가 아닐 수 없다. 극빈층으로 전락한다는 이야기이다. 2090년이 멀어 보이는가? 6~7년 전 AI 이야기를 처음 접했을 때도 사람들은 아주 먼 일이라고 생각했다. 하지만 우리는 지금 인공지능 시대에 살고 있다. AI는 지금도 매우 빠른 속도로 학습하고 있다. 2090 계급도가 언제 이루어질지는 아무도 모른다. 2090년에 99.9%가 프레키아트 계급이 된다고 해도, 10년 후에 인구의 30%는 이미 AI보다 더 아래 계급으로 전락해 극빈층으로 살 수도 있다. 결코 먼 미래라고 생각할 수 없다.

이런 세상에서 살아남기 위해 나는 무엇을 해야 하는가? 독서와 글쓰기다. 독서와 글쓰기밖에 방법이 없다. 하루라도 빨리 책을 읽기 시작해야 한다. 치열하게 읽어야 한다. 생존이기 때문이다. 독서를 통해 습득한 지식으로 통찰을 담은 질문을 던질 줄 알아야 한다. 그 속에서 창조를 만들어 내야 하기 때문이다. 그것만이 내가 살 수 있는 길이다. 독서와 글쓰기는 이젠 해도 되고 안 해도 되는 것이 아니다. 취미생활이 아니다. 생존이다. 정말 강조하고 싶다.

08

내가 상상한 그 집에서 산다

　　　　나는 상상의 위력을 안다. 지금 내가 살고 있는
집은 내가 상상했던 집이다.

　이 세상은 누군가의 상상으로 만들어졌다. 내가 살고 있는 이
집은 누군가의 상상으로 만들어진 것이다. 내가 쓰고 있는 스마트
폰, 입고 있는 옷, 먹고 있는 음식 또한 누군가의 상상이었다. 이
세상에 존재하는 모든 것은 누군가의 상상으로 만들어졌다.

　내가 지금 이렇게 살고 있는 것도 나의 상상이었다. 신랑을 몇
번 만났을 때 같이 살고 있는 모습이 상상되었다. 다른 남자와 연
애할 때는 함께하는 미래가 잘 그려지지 않았다. 혹은 '함께해도

나쁘지 않겠다.' 정도였다면 신랑은 이미 상상 속에 같이 살고 있었다.

결혼 후 두 아이를 키우며 자주 상상했던 일이 있었다. 큰아이 10살 때 내가 일을 하는 모습이었다. 그런데 정말 큰아이 10살 때 나는 집에서 옷을 팔고 있었다. 나만 알고 있었던 상상이 이루어졌을 땐 정말 신기했다.

집에서 옷을 팔려고 마음먹었을 땐 오픈 때마다 손님이 바글바글한 상상을 했다. 내가 위트있게 농담을 던지면 다 같이 웃는 모습도 상상했다. 그런데 정말 상상대로 장사가 잘되었고 나는 손님들과 농담하며 놀고 있었다. 가끔 이런 것을 혼자 느낄 때는 소름이 돋는다.

진짜 소름 돋는 일은 지금 이 집에 살게 되었을 때다. 장사가 잘되니 집이 좁아 보였다. 위 단지 초대형 평수 집이 생각났다. 네이버 부동산 앱으로 초대형 평수 집의 설계도를 보았다. '한쪽은 집으로 사용하고, 다른 한쪽은 옷 가게로 쓰자. 방 두 개와 화장실이 피팅룸이네.. 대박이다!' 이렇게 그림을 그리며 상상했다. 그런데 상상을 시작한 지 불과 6개월 만에 이 집을 샀다. 34평 내 집을 장만한 지 1년 6개월 만의 일이었다.

초대형 평수 집에서 매니저님과 함께 일하는 상상도 했다. 혼자서 장사를 하기엔 너무 벅찼기 때문이다. 그리고 곧 그 상상도 이루어졌다. 심지어 매니저님도 내가 생각했던 그분이었다. 매니저님은 알지 못했겠지만, 매니저님을 끌어들인 것은 나의 상상이었다. 지금 다시 생각해 봐도 소름이다.

『돈의 속성』의 저자 김승호 회장님은 '내가 상상하지 않으면 다른 사람의 상상 속에 산다.'라고 말씀하셨다. 세상은 누군가의 상상으로 만들어졌으며, 내가 상상하지 않으면 나는 누군가의 상상 속에서 살게 된다는 말이다. 나는 이 말이 무슨 말인지 정확하게 알고 있다.

〈입어보는집〉을 그만둔 이유는 코로나였지만, 이것은 핑계였다. 옷 가게 문을 닫은 이유는 내가 상상을 멈추었기 때문이었다. 동네 장사 정도로만 생각했는데, 동네는 물론 먼 곳에서까지 찾아오기 시작했다. 네이버 밴드 가입자 수도 3,000명 가까이 되었었다. 슬슬 두려워지기 시작했다. 집 주소가 너무 많은 불특정 다수에게 공개되었기 때문이었다. 더 이상 집에서 장사를 하는 것은 무리라고 생각했다. 이제는 밖으로 옷 가게를 빼야겠다고 생각했었다.

임대를 알아보고 상상하려니 잘되지 않았다. 집에서 파는 옷 가게의 매력이 다 사라질 것 같았다. 집에서 파는 옷 가게는 10발짝이면 출퇴근이 가능했지만, 〈입어보는집〉을 밖으로 빼면 이런 장점들이 모두 사라지게 되었다.

상가 임대를 하면 하루 종일 오픈해야 한다. 이것부터 나와 맞지 않는다고 생각했다. 나는 하루 종일 손님을 기다리며 일하고 싶지 않았다.

손님들 역시 집에 들어오는 순간, 신발부터 벗었기 때문에 〈입어보는집〉을 더욱 편하게 생각했다. 피팅룸 또한 방이었기 때문에 다른 옷 가게들과는 차원이 다르게 컸다. 옷 갈아입기가 너무 편하다는 이야기를 고객들한테서 자주 들었다. 상가 임대는 이런 모든 장점을 버려야 가능한 일이었다.

집에서 파는 옷을 산다는 것은 고객에게도 특별한 경험이었다. '집'이라는 장소만으로 주는 매력이 있었다. 이 특별함이 입소문에도 큰 역할을 했음을 알고 있었다. 이 모든 것을 생각해 보았을 때 집 밖에서 장사를 하는 상상이 되지 않았다. 그렇게 상상은 멈추어지고 있었다.

코로나가 터졌을 땐 오히려 잘 됐다고 생각했다. 그만두고 싶었을 때 딱 코로나가 터졌기 때문이다. 어떻게 그 타이밍에 코로나가 터졌는지 지금도 신기할 따름이다.

그 후 한동안 상상은 멈추어져 있었다. 장사를 접으니 우울증 비슷한 것도 왔다. 아니, 우울증이었다. 매우 바쁘게 지내다가 갑자기 시간이 많아지니 어떻게 사용해야 할지 몰랐다. 아이들은 사춘기의 절정으로 들어가고 있었다. 이유 없이 눈물이 났다. 아침에 눈을 뜨면 눈물이 났다. 시어머니 목소리만 들어도 눈물이 났다. 식탁에 앉아 밥을 먹다가도 눈물이 났다. 그렇게 한동안 힘든 시기를 보냈다. 그리고 암이 찾아왔다.

나에게 이런 힘든 일들이 일어났던 이유는 내가 상상을 멈추었기 때문이라고 생각한다. 아무런 상상도 하지 않으니 내가 상상하지 못했던 일들이 나에게 일어나고 있었다. 나는 이것도 상상의 부재 때문이라고 생각한다.

지금 나는 다시 부지런히 상상하고 있다. 나의 멋진 50대를 상상한다. 상상 속의 나는 건강하고 에너지가 넘친다. 책을 여러 권 낸 저자이자 유명한 강사다. 쉽고, 감동적이고, 실행을 만드는 책을 쓰는 상상을 하고 있다. 베스트셀러 작가가 되는 상상도 한다.

남들은 비웃을지 모르지만, 내가 먼저 상상하지 않으면 그 일이 일어날 수 없다는 것을 알고 있다. 그러니 나는 상상을 부지런히 하고 있다.

나폴레온 힐의 『생각하라 그리고 부자가 되어라』에는 상상력을 계획을 만드는 작업실로 소개했다. 그리고 나폴레온 힐은 '상상할 수 있다는 말은 뭔가를 만들어 낼 수 있다는 의미다.'라고 말했다. 이 말은 뭔가를 만들어 내기 위해서 상상이 필요하다는 말도 된다. 즉, 원하는 것은 먼저 생각해야 이루어질 수 있다는 말이다. 생각 없이 원하는 것이 이루어질 수는 없다.

나는 매일 상상한다. 아침에 일어나면 아침 일기를 쓰며 상상하고, 산책을 할 때도 상상한다. 저녁 일기를 쓸 때도 상상한다. 이렇게 상상하다 보면 멋진 아이디어들도 불쑥 생긴다. 상상이 그쪽 길로 나를 안내하고 있는 것이다.

내가 살고 싶은 집을 상상하라. 내가 되고 싶은 사람을 상상하라. 그 상상은 이루어질 것이다. 왜냐하면 상상하면 내가 거기에 알맞은 행동을 하게 되기 때문이다.

미래에 내가 원하는 사람의 모습을 상상하자. 이미 그 사람이 된 것처럼 행동하자. 나의 행동이 쌓이면 나는 그 사람이 될 수밖에 없다.

09

진짜 나타난 선

'커넥팅 더 닷츠(connecting the dots)'를 아는가? 점을 찍으면 선이 된다는 뜻으로 스티브 잡스가 한 말이다.

점이 어떻게 선이 된다는 것인지 나는 이 말뜻을 잘 이해하지 못했다. 그런데 집에서 옷 장사를 시작하게 되었을 때 나에게도 드디어 선이 나타났다는 것을 알게 되었다.

나는 학창 시절 공부를 잘하는 학생은 아니었다. 하지만 태도가 좋은 학생이었다. 아이들이 다 엎드려 자는 역사 시간에도 허리를 세우고 열심히 수업을 들었다. 하지만 성적은 태도만큼 잘 나오진 않았다. 그래도 그냥 했다. 그래야 하는 줄 알았다. 고등학교

때 친구들은 나를 태도가 좋았던 친구로 기억한다. 학창 시절 내가 배운 단 한 가지가 있다면 '열심히'라는 태도다. 나는 학창 시절 '열심히'라는 태도를 점으로 찍었다.

고1 때 친구의 권유로 미술을 시작했다. 크게 뜻이 있었던 것은 아니었다. 친한 친구가 권해서 별생각 없이 시작했다. 하지만 그림을 열심히 그렸다. 그렇게 나는 미대를 나오게 되었다. 덕분에 약간의 색이나 미적 감각을 가지게 되었다.(이건 후에 집 인테리어를 했을 때나, 옷 장사를 했을 때 도움이 되었다.) 이렇게 '미적 감각'이라는 점을 또 찍었다.

졸업 후 처음 들어간 회사는 옷 가게였다. 패션MD로 들어갔지만, 노가다꾼과 다름없었다. 아침부터 저녁까지 서서 판매와 옷 손질을 해야 했고, 저녁 9시쯤 되면 동대문 시장으로 가서 옷 사입(팔 옷을 사는 것)도 해야 했다. 작은 회사는 아니었다. 직원이 100명 정도 되었다. 바지나 재킷류는 직접 디자인했고, 티셔츠나 니트류는 사입하는 회사였다. 때문에 사입 할 때는 엄청나게 큰 가방을 몇 시간 동안 들고 다녀야 했다. 젊었으니 가능한 일이었다고 생각한다.

노동의 강도가 세다 보니 그만두는 사람이 많았다. 심지어 이틀

만에 뒷문으로 도망가는 사람도 있었다. 이런 에피소드들을 직원들이 늘 웃으며 이야기했었다. 나는 여기서 2년 가까이 버텼다. 그리고 이 회사에서 일을 하면서 내가 옷 판매에 소질이 있다는 것을 알았다. 내가 지점을 옮기면 따라다니는 단골이 있었을 정도였다. 내가 가면 그 지점 매출이 올랐고, 성과급도 올랐다. 때문에 나는 각 지점 매니저님들에게 인기가 많았다.

나는 여기서 '판매'라는 또 하나의 점을 찍었다. 그리고 나의 장점을 발견했다.

그 후 온라인 쇼핑몰 여기저기를 들어갔다가 퇴사하기를 반복했다. 배울 것이 없어지면 금방 싫증이 나서 그만두고 다른 곳으로 이직했다. 그렇게 방황하고 있었다. 하지만 이직이 결코 나쁜 것이 아니라는 것도 이때 알았다. 이직할수록 몸값은 슬금슬금 올랐고, 심지어 나간다고 하자 연봉을 올려 나를 붙잡으려는 곳도 있었다. 지나고 생각해 보니 이곳저곳을 다니며 장사에 필요한 정보들을 더 빠르게 습득했던 것 같다. (이때 온라인 쇼핑몰 시스템의 답답함을 느꼈다. 신상품을 올리는 속도가 너무 느리다고 생각했다. 신상품이 들어 오면 모델과 촬영 장소를 섭외하고, 며칠 뒤 사진을 찍고, 그것을 올리는 것에도 또 하루 이틀이 걸렸다. 나는 이것을 매우 비효율적이라고 생각했다. 이런 생각들은 나중에 〈입어보는집〉 밴드에 신상품을 올릴 때 상당한 도움이 되었다.) 이렇게 방황하면서도 점을 찍고 있었다.

온라인 쇼핑몰을 시작하고 몇 개월 지나지 않아서 신랑을 만났다. 그리고 불같은 사랑을 했다. 일이고 뭐고 눈에 뵈는 것이 없었다. 신랑이 결혼을 하자 했고, 그러자고 했다. 그렇게 일은 빠르게 진행되었다. 7평 원룸에서 신혼생활을 시작했다. 신랑이 살고 있던 곳이었다. 불만은 없었다. 그렇게 결혼생활이 시작되었다.

두 아들을 낳았다. 아이를 낳았을 때 나의 체력은 바닥이었다. 반면에 아이는 매우 에너지 넘치는 기질로 태어났다. 너무 힘들었다. 그래서 아이에게 자꾸 화를 냈다. 아이들에게 화를 내지 않기 위해 육아서를 읽기 시작했다. 아이들이 정상적으로 잘 자라고 있는 건지도 궁금했지만, 일단 아이를 이해하기 위해서 읽었다. 그렇게 책을 읽으며 육아에 최선을 다했다. 그런데 지나고 보니 아이들을 잘 키우기 위해 읽었던 육아서들이 나의 자기계발서가 되었다. 책의 내용을 나에게 직접 적용했다. 고영성 작가의 『낭독 혁명』을 읽고, 내가 낭독하며 책을 읽었다. 아이들의 창의력이 중요하다는 책을 읽고, 창조가 무엇이며 어떻게 창의력을 만들 수 있는지를 고민했다. 우리 아이들이 왜 구몬 연산을 해야 하는지도 궁금했다. 이러한 궁금증을 찾는 과정은 육아서 외에 다른 분야의 책들을 읽는 것으로 독서가 확장되었다. 육아를 잘하기 위해 책을 읽다 보니, 나는 어느새 '책 읽는 사람'이 되어 있었다. 아이를 잘 키우기 위해 시작했지만, 나는 '책 읽는 사람'이라는 점을 찍고 있었다. (집에서 옷 장사를 하면서도 책을 많이 읽었다. 그땐 마케팅과 장사에 관련된 책이었다. 장사를 했을 때 독서는 엄청난 도움이 되었다.)

이렇게 찍었던 점들이 〈입어보는집〉 옷 장사를 시작하면서 연결이 되었다. 학창 시절 성실한 태도라는 점, 약간의 미술 감각이라는 점, 옷 판매 경험이라는 점, 온라인 쇼핑몰을 하며 방황하며 깨달았던 점, 육아하며 독서가가 되었던 점이 모두 연결이 되어 〈입어보는 집〉이 탄생했다. 정말 점을 찍어 선이 된 것이다.

만약 여러 점 중 하나라도 빠졌다면 〈입어보는입〉이 성공할 수 있었을까? 그리고 나는 지금 이렇게 살 수 있었을까? 아니라고 생각한다. 저 점들 중 어느 하나라도 없었다면 나는 〈입어보는 집〉을 결코 성공시킬 수 없었을 것이다. 그리고 지금 살고 있는 이 집에서 살 수 없었을 것이다.

점을 찍고 있었을 때는 이 점들이 연결될 줄은 상상하지 못했다. 20대 때 옷을 판매하는 회사에 다니며 미래에 내가 집에서 옷을 팔 것이라는 생각은 하지 못했다. 아이들을 잘 키우기 위해 읽기 시작했던 육아서가 나를 이렇게 성장시킬 줄 몰랐다. 다 몰랐다. 그냥 그때 내가 해야 할 일을 열심히 했을 뿐이었다.

나는 이제 스티브 잡스가 말한 '커넥팅 더 닷츠(connecting the dots)'라는 의미를 명확히 알고 있다. 멋진 그림을 그리기 위해서 무수히 많은 점이 필요하다는 것도 안다. 오늘 하루도 점이라는 사실을 인지하고 있다. 나는 오늘도 점을 찍기 위해 노력하고 있다. 오늘 찍은 점이 훗날 또 연결될 것임을 알기 때문이다.

나만의 멋진 그림을 그릴 예정이다. 그러기 위해서는 아주 많은 점이 필요하다. 책을 쓰고 있는 지금도 나는 진한 점을 찍고 있는 것이다. 그렇게 오늘도 나는 점을 찍으며 논다.

제3장

돈 버는 기술

아웃풋하라.
콘텐츠가 돈이다.
콘텐츠가 쌓이면 나는
브랜드가 된다.

기요사키도 몰랐던 새로운 돈 버는 길

　　돈을 많이 버는 길이 있다. 공부를 많이 해서 명문대에 들어가고, 대기업에 다니는 것은 부자가 되는 길이 아니다. 이 사실은 로버트 기요사키가 쓴 『부자 아빠, 가난한 아빠』 책에 나와 있다. 기요사키는 봉급 생활자는 부자가 될 수 없다고 말했다. 부자가 되기 위해서는 사업가나 투자자가 되어야 한다. 봉급 생활자와 자영업자는 부자가 되는 길이 아니다. 이 이야기는 벌써 25년이 된 이야기다. 하지만 사람들은 부자를 꿈꾸면서 봉급 생활자가 되기를 원한다. 아이들이 부자가 되기를 바라면서 높은 연봉을 받는 봉급 생활자가 되기를 바란다. 모순이다.

　　이 책을 처음 읽었을 때는 충격이었다. 그리고 아이들의 교육

방향에도 많은 영향을 주었다. 하지만 세상은 『부자 아빠 가난한 아빠』책이 나온 이후에 아주 빠르게 변했다. 지금은 로버트 기요사키도 몰랐던 부자가 되는 길이 하나 더 생겼다. 바로 콘텐츠 생산자다. (위에 2090년 계급도에서도 알 수 있듯이 콘텐츠 생산자는 AI보다 위 계급이다.) 유튜브 등 콘텐츠를 생산하는 사람 중 빠르게 부자가 되는 사람들이 나타나고 있다.

약 20년 전에 돈 버는 공식을 알려준 책으로 로버트 기요사키의 『부자 아빠 가난한 아빠』가 있었다면 지금 돈 버는 공식을 잘 정리해 놓은 책은 렘군의 『THE 아웃풋 법칙』이 있다.

〈아웃풋하다〉
1) 타인을 위해 상품, 서비스, 콘텐츠 등을 제공하는 행위.
2) 나의 정체성을 세상에 알리는 행위.
3) 소비자 영역에 있었던 사람이 생산자 영역으로 서기 위한 행동.
-『THE 아웃풋 법칙』

『THE 아웃풋 법칙』은 부자가 되기 위해서 생산자의 삶을 살아야 한다고 말한다. 생산자의 삶에는 콘텐츠 생산자가 있다. 예전에는 없었지만, 새로 생긴 부자가 되는 길은 콘텐츠 생산자다.

책에는 부자가 되는 네 가지 길이 나온다.

MCBI다. M은 메시지(message)다. C는 콘텐츠(contents)다. B는 비즈니스(business)다. I는 투자(investment)다. 부자가 되기 위해서는 MCBI에서 놀아야 한다.

M(메시지)은 내 안에서 우러나오는 불만이 아이디어로 표출되는 것을 말한다. 나는 〈입어보는집〉을 처음 만들 때 내가 옷을 살 곳이 없어서 만들었다. 불만에서 아이디어가 나온 것이다. 그리고 M(메시지)을 B(비지니스)로 연결했다. 문제점을 해결하는 방법이 아이디어로 떠올라 장사를 시작했다. 이렇게 장사를 했던 경험을 C(콘텐츠)로 다시 한번 만들고 있다. I(투자)는 말하자면 확장 이사를 한 것을 말할 수 있다. 이렇게 나는 MCBI 놀이터에서 놀고 있다.

아웃풋이 무엇보다 중요한 시대가 되었다. 아웃풋이 돈이기 때문이다. 모든 것을 아웃풋할 수 있다. 나의 일상도 아웃풋할 수 있고, 읽은 책도 아웃풋할 수 있다. (심지어 아웃풋하기 위해 책을 읽으면 학습 효과도 더 좋다.) 먹는 것을 찍어 유튜브에 올려도 부자가 되는 시대가 되었다. 아웃풋을 습관화해야 한다. 이것은 아주 효율적인 학습 방법이자 부자가 되는 길이기 때문이다.

아들아, 피라미드 밖에서 놀자

중학생, 고등학생 아들 둘을 키우고 있다. 항상 아이들이 살아갈 미래가 궁금했다. 왜냐하면 어떻게 키워야 할지 알고 싶었기 때문이다. 공부를 왜 시켜야 하는지도 궁금했다. 공부가 정말 아이들의 밥벌이가 될까? 하는 의구심이 들었기 때문이다. 아이들이 살아갈 미래를 보려고 할수록 불안해졌다. 세상은 너무나 빠른 속도로 변하고 있었다. 현기증이 날 정도였다.

우리 아이들은 공부로 밥벌이를 할 수 있을까?

아이들이 공부로만 밥벌이하겠다는 생각은 안 한다. 아직 공부에 취미가 없기도 하지만, 꼭 공부로만 밥벌이할 필요는 없기 때문이다. 따라서 아이들이 공부하지 않아도 두렵거나 불안함은 없다.

공부 = 밥벌이 공식은 30년 전 내가 공부할 때나 통했던 아주 구닥다리 사고방식이다. 지금은 내가 좋아하는 것 = 밥벌이, 내가 잘하는 것 = 밥벌이의 시대로 바뀌었다. 다만 이것이 아웃풋으로 연결되어야 한다. 즉, 내가 좋아하고, 잘하고, 즐길 수 있는 것으로 잘 노는 아이가 아웃풋으로 세상과 연결되면 밥벌이하게 되는 것이다.

이것은 톰 피터스가 말한 '퍼스널 브랜드'가 되는 길이다. '퍼스널 브랜드'란 브랜드화된 개인을 말한다. 유명한 유튜버나, 인플루언서가 여기에 속한다.

강의 하면 김미경 강사님이 떠오른다. 이것이 김미경 강사님의 브랜드다. 먹는 유튜버 하면 쯔양이 떠오른다. 이것이 쯔양의 브랜드다. 이렇게 사람이 브랜드가 되는 세상이 왔다.

지금은 엄마들이 살아왔던 세상과는 너무 다른 세상이 되었다. 엄마들은 공부를 잘할수록 좋은 대학에 들어갈 수 있었고, 좋은 대학에 들어가야 대기업에 취업할 수 있었다. 그것이 안정적인 삶이라고 생각했다. 하지만 이 공식은 깨진 지 오래다.

모든 것이 빠르게 변하고 있다. 먼저 수명의 길이가 70세에서 100세로 늘었다. 이 말은 평생직장이 불가능해졌다는 말이다. 은퇴 시기는 빨라져 40대도 은퇴하게 됐다. 운 좋게 50대에 은퇴하게 되었다고 해도 나머지 4~50년은 어떻게 보내야 하는지 고민해야 한다. 회사 또한 급변하는 세상에서 수십 년을 망하지 않고 버틴다는 보장도 없다. 현실적으로 좋은 직장에 아주 오랫동안 일하는 것이 불가능한 세상이 되었다.

하지만 엄마들의 마음은 피라미드 세계에 갇혀있다. 피라미드 꼭대기에 올라갈수록 더 많은 돈을 벌 수 있다고 착각한다. (이미 25년 전에 로버트 기요사키가 그 길이 아니라고 말했다.) 아니다. 피라미드 세상은 아주 작은 일부다. 피라미드 밖의 세상이 훨씬 더 크며 여러 가지 가능성이 존재한다.

피라미드 안은 생태계 먹이사슬과 같은 모습이지만, 피라미드 밖은 무한한 다양성이 존재한다. 생태계 피라미드는 서로 잡아먹고, 잡아먹히는 관계이지만, 피라미드 밖은 나의 고유한 가치를 만드는 세상이다. 생태계 피라미드는 타인보다 잘하기 위해 노력해야 하지만, 피라미드 밖의 세상은 타인이 잘되게 만들어야 나의 가치가 더욱 올라가게 되는 구조다. 생태계 피라미드 안의 세상은 작고 경쟁이 치열하지만, 피라미드 밖으로 나오면 무한하게 넓은 세상이 있다. 넓은 세상에서 뛰어놀며, 나만의 가치를 찾으면 된다. 그리고 놀고 있는 것을 세상과 연결하면 엄마들이 그토록 바라던 돈벌이를 잘하는 사람이 되는 것이다.

그런데 이것이 자식 교육에만 해당이 되는 것일까? 아니다. 지금 나에게도 해당하는 얘기다. 나는 피라미드 밖에서 놀고 있다. '아이들에게 이렇게 살아라.'라고 말을 하는 대신, 내가 먼저 피라미드 밖에서 노는 모습을 보여주기 위해서다. 그렇게 나는 오늘도 내가 놀고 있는 것을 아웃풋하며 세상과 연결하고 있다.

나는 아이들이 피라미드 밖에서 신나고 재밌게 자신의 가치를 찾아가며 놀기를 바란다. 물론 세상과 연결하면서다. 나 또한 신나게 놀고 있다. 세상과 연결하며 노는 것이 너무 재밌다. 피라미드 밖 세상은 놀이터다.

아웃풋이 돈이다

　　나는 요즘 최대한 아웃풋하기 위해 노력한다. 왜냐하면 아웃풋이 돈이기 때문이다. 아웃풋은 내가 세상과 연결되는 것을 말한다. 그리고 그 연결은 나를 세상에 알리는 행동이다.

　　블로그에 매일 글을 쓰고 있다. 지금은 이웃 8천 명이 넘는다. 유튜브 쇼츠도 올리고 있다. 올리기 시작한 지 2주밖에 되지 않았다. 하지만 책을 다 쓰고 나면 유튜브 구독자도 늘릴 생각이다. (지금은 책 쓰기에 올인하고 있다.) 가능하다. 왜냐하면 나는 장사로 성공했던 경험과 블로그 이웃 수를 빠르게 늘린 경험이 있기 때문이다. (장사와 블로그가 전혀 다른 분야라고 생각하지만 그렇지 않다. 성공의 원리는 통한다. 예를 들면, 장사와 블로그 모두 고객을 생각해야 한다. 즉, 명확한 타깃이 필요하다. 〈입어보는집〉을 했을 때는 3~40대 초등학생 학부모였다. 그래서 초등학생 학부모가 좋아할 만한 옷을 가져다 놓았다. 내가 좋아하는 옷이 아니었다. 블로그도 마찬가지였다. 〈달콤하게 성장〉이라는 내 블로그의 고객은 자기 계발을 좋아하고 돈 벌기를 원하는 사람이다. 고객이 좋아할 만한 글을 쓴다. 내가 쓴 글이 상품이기 때문이다. 〈입어보는집〉 옷 가게는 상품 회전율이 매우 빨랐다. 매일 신상품을 밴드로 올렸다. 〈달콤하게 성장〉 블로그도 폭발적으로 성장을 만들었던 시기가 있다. 이때 역시 하루에 2~4개의 포스팅을 올렸었다. 〈입어보는집〉의 최고의 마케팅은 입소문이었다. 〈달콤하게 성장〉 블로그의 입소문은 전자책이었다. 무료 전자책을 만들고 그것을 퍼가게끔 해서 입소문을 만들었다. 이것이 유튜브라고 다를까? 아니라고 생각한다. 결국 성공의 법칙은 통한다.)

나는 왜 블로그와 유튜브를 하고 있을까? 이런 채널들은 나를 브랜드로 만들기 때문이다. 내가 브랜드가 되면 나는 다양한 방법으로 수익 창출이 가능하게 된다. 그러니 가장 먼저 해야 할 일은 나를 브랜드로 만드는 것이다.

브랜드가 되기 위해서는 아웃풋해야 한다. 나의 정체성을 세상에 알려야 한다. 내가 알고 있는 것을 세상에 알려야 한다. 내가 배우고 있는 것 또한 세상에 알려야 한다. 그렇게 세상과 나를 연결해야 한다.

많이 알아야 아웃풋할 수 있는 것이 아니다. 아웃풋을 하면서 배우면 된다. 책도 아웃풋 하기 위해 읽는다. (눈으로 읽는 책과 아웃풋을 염두하고 읽은 책은 뇌의 작용이 다르다. 아웃풋을 염두하고 읽은 책이 훨씬 오래 기억에 남는다.) 오늘 일어난 에피소드도 어떻게 아웃풋으로 연결할까? 고민한다. 그러면 내가 보는 세상이 달라진다.

식당에 가도 돈이 보이고, 직원들의 태도가 보인다. 그 속에서 성공의 법칙도 보인다. 이렇게 아웃풋하며 사는 삶은 나의 내공을 높여준다.

처음부터 잘해야 아웃풋을 할 수 있다는 생각을 버려야 한다. 꾸준히 아웃풋하는 행동 자체가 브랜드가 될 수 있다. 꾸준하게 성장하는 과정을 보여주는 것 또한 브랜드다. 아웃풋은 잘난 사람이 하는 것이 아니다. 평범한 사람이 아웃풋으로 성장을 하는 과정을 보여주면 브랜드가 되는 것이다.

'나는 소극적이라 남에게 나를 알리는 것이 싫어요.'라고 생각한다면 안 해도 된다. 다만 부자가 될 수 있는 길 하나를 버리는 것이 되는 것이고, 최고의 학습 방법 하나를 버리게 되는 것이다. 아웃풋은 나를 부자로 만들면서, 최고로 빠르게 성장을 만드는 방법이다.

아웃풋하라. 콘텐츠가 돈이다. 콘텐츠가 쌓이면 나는 브랜드가 된다. 나는 아웃풋으로 현명하게 학습하면서 부자가 되면 된다.

문제해결력이 돈이다

〈입어보는집〉은 '장사를 해서 돈을 벌어야지.'라고 생각하고 만들어지지 않았다.

새로운 동네로 이사했다. 모든 것이 낯설었다. 사람들 또한 새로 사귀어야 했다. 작은아이가 초등학교에 입학했을 때였다. 1학년 엄마들은 매일 아이를 데리러 학교에 간다. 그리고 동네 아줌마들과 친분을 쌓는다. 아이를 키워보면 알겠지만, 오로지 1학년 학부모만 그렇다. 나는 새로운 아줌마들을 만날 준비를 해야 했다.

옷을 잘 사지 않는 편이었다. 아니, 정말 옷을 안 샀다. 그러니 입을 옷이 없었다. 이사 하기 전에는 신경 쓰지 않았다. 하지만 이사를 했으니 달라져야 했다. 이미지 관리를 해야 했다. 새로운 동네에서는 좋은 이미지의 아줌마로 살고 싶었다. 아주 오랫동안 살아야 할 동네였기 때문이다.

옷을 사려고 인터넷 검색을 하니 여간 불편한 것이 아니었다. 저 옷이 나에게 맞을지 계속 상상해야 했기 때문이다. 한 온라인 쇼핑몰에서 7~8벌의 옷을 며칠에 걸쳐 구매했다. 그런데 어떤 이유에서인지 배송이 일주일이나 걸렸다. 그렇게 기다려서 받은 옷은 실망스러웠다. 바지는 허리가 맞지 않았고, 상의는 온라인으로 봤던 컬러와 달랐다. 내 얼굴색과 전혀 어울리지 않았다. 두 벌 정도만 남기고 반품했다. 반품을 접수하는 것도 여간 번거로운 일이 아니었다. 온라인 쇼핑이 대세이긴 했지만(저렴했으므로), 사용해 보니 시간과 노력이 너무 많이 들어갔다.

그렇다고 백화점을 가기엔 가격이 부담스러웠다. 한 두벌이 아닌, 여러 벌의 옷이 필요했다. 로드숍도 생각해 봤으나 딱히 아는 곳도 없었고, 무엇보다 주차 걱정이 먼저 되었다. 그리고 입어볼 수 있을지도 의문이었다.

'여성복을 파는 곳이 많은데 나는 왜 옷을 살 곳이 없을까? 나만 그런가?' 이런 생각이 들었다. 그리고 이 생각은 '나만 그렇지 않을 것 같다.'라는 확신이 들었다. 이 동네 아줌마들은 다 그렇게 생각할 것 같았다. 그리고 내가 이 불편함을 해결할 수 있을 것 같았다.

온라인 쇼핑몰의 장점은 저렴한 가격이다. 하지만 가장 큰 단점은 직접 보고 입어볼 수 없다는 것이다. 백화점의 장점은 퀄리티와 서비스가 좋다. 단점은 가격이 비싸다는 것이다. 로드숍은 독특한 옷들이 많다. 하지만 주차도 걱정되고, 입어보는 것도 눈치 보인다. 나는 이 모든 문제를 해결하기로 했다.

즉, 온라인 쇼핑몰처럼 저렴한 가격에, 백화점처럼 서비스가 좋고, 마음껏 입어볼 수 있는 옷 가게를 만들기로 했다. 그렇게 해서 〈입어보는집〉이 만들어졌다.

이런 내 생각은 맞았다. 오픈하자마자 사람들이 몰렸다. 가격을 보고 믿을 수 없어 했고, 나의 서비스에 매우 만족해했다. 가정집에서 판매했으므로 옷도 매우 편하게 갈아입을 수 있었다.

한 번 온 고객은 대부분 친구와 언니, 동생, 심지어 시부모님까지 모시고 왔다. 신랑과 함께 온 고객도 있었다. (숍에는 앉아서 쉴 수 있는 소파도 있었다. 다른 사람이 옷을 고를 때 다른 한 명은 소파에서 쉬며 기다릴 수 있었다.) 간단한 간식과 커피도 제공했다. 〈입어보는집〉은 아줌마들의 사랑방 같은 존재가 되었다. 그렇게 재밌게 옷을 팔았다.

타인의 문제점을 해결하는 것은 장사를 하면서도 계속 진행되었다. 같은 사이즈라도 체형에 따라 어울리는 옷이 다르다. 같은 55사이즈라도 허벅지가 굵은 사람에게 어울리는 바지는 따로 있다. 반면 허리는 매우 가늘고 엉덩이가 큰 사람도 있다. (이런 사람들은 기성복이 잘 맞지 않는다.) 나는 고객들의 체형을 보고 어울리는 옷을 추천했다. (허벅지가 굵은 사람이 반바지를 고를 때는 통이 약간 큰 것이 좋다. 그래야 다리가 날씬해 보인다. 팔뚝 살이 고민인 사람 역시 붙는 옷보다 팔뚝 통이 큰 것이 낫다.) 엉덩이가 고민인 사람, 가슴이 너무 커서 고민인 사람 등 나는 고객의 체형별로 어울리는 옷을 추천하며 고민을 해결해 주었다. (심지어 사입할 때부터 '이 옷은 OO 고객님 옷이다.'라고 생각하며 사입했다. 그리고 그 고객이 왔을 때 옷을 보여주면 매우 만족하며 옷을 구매했다. 나는 이런 서비스를 받을 수 있는 곳은 〈입어보는집〉밖에 없다고 생각했다.) 장사의 시작과 끝은 고객의 문제를 해결해 주는 것이다.

최근 또 재미있는 장사 아이디어가 떠올랐다. 나는 암에 걸린 이후 매일 아침 샐러드를 먹고 있다. 약 2년이 되어간다. 샐러드를 처음 먹기 시작했을 땐 매우 번거로웠다. 여러 종류의 채소를 씻고, 다듬고, 칼질하는 것에 시간과 에너지가 너무 많이 쓰였다. 이러니 사람들이 몇 번 먹다가 포기하게 된다고 생각했다. 소스부터 토핑까지도 여간 신경이 쓰이는 것이 아니었다. 풀만 먹으면 금방 허기질 수 있고, 단백질이나 지방이 부족해질 수도 있다. 이런 단점을 다 보완하면서 영양가 많은 신선한 샐러드를 매일 먹기란 쉽지 않다. 나는 이런 불편함을 해결해 줄 수 있는 아이디어가 떠올랐다. 혹시 내가 장사를 하게 될지도 몰라서 여기서 자세한 얘기를 다 할 수는 없다. (가계명까지 생각했다.) 하지만 장사를 하게 된다면 제법 매력 있는 샐러드 가게를 만들 자신이 있다. 왜냐하면 샐러드를 원하는 고객들의 불편함을 알기 때문이다. 그리고 나는 그 불편함을 해소할 수 있다.

대부분의 사람은 본인이 돈을 벌기 위해 장사를 시작한다. '치킨 장사나 해볼까?'라고 쉽게 생각했다면 망하기 딱 좋다. 내가 돈을 벌고자 하는 사람에게 돈은 달라붙지 않기 때문이다. 돈은 타인의 문제점을 해결해 줬을 때 따라온다. 트렌드가 중요한 것이 아니다. 〈입어보는집〉은 경쟁이 매우 치열한 여성복 판매였다. 레드오션 중에 새빨간 레드오션이었다. 트렌드는 온라인 쇼핑몰 특히 스마트스토어가 대세였다. 하지만 나는 여성복을 그것도 노출이 전혀 되지 않는 가정집에서 팔았다. 그래도 장사는 잘되었다.

왜냐하면 타인의 문제점을 해결해 주었기 때문이었다. 돈은 타인의 문제점을 해결하면 따라온다. 큰 문제를 해결할수록 큰돈을 벌 수 있다. 이것은 진리다.

문제해결력이 돈이다. 돈을 벌고 싶다면 타인의 문제점을 해결해 주면 된다.

내가 돈을 벌고자 하면 벌지 못하는 이유

'돈을 좇으면 돈을 벌지 못한다.'는 이야기는 많이 알고 있다. 하지만 왜 그런지 아는가? 돈을 버는 사람은 타인의 문제점이나 고민을 해결해 주는 사람이다. (또는 재미를 주는 사람이다.) 하지만 대부분의 사람은 본인이 돈을 벌려고 하기 때문에 돈을 벌지 못한다. 사람들은 자신이 돈을 벌기 위해 장사를 시작한다. 하지만 그래서 돈을 벌지 못한다. 장사를 시작한 동기 자체가 '내가 돈을 벌기 위함'에 초점이 맞추어져 있기 때문이다.

세이노님이 쓴 『세이노의 가르침』에도 이 이야기가 나온다.

'(장사를 할 때의 자세)

장사의 목적은 돈을 버는 것이다. 여기서 재미난 사실은 돈만 노리면 돈을 절대 벌지 못한다는 점이다. 이것을 수많은 자수성가형 부자는 "돈을 벌려고 하면 돈을 못 번다."는 말로 표현한다. .... 그 말은 정말 전 세계 어느 나라에서나 통하는 진리다.'

장사를 했던 사람으로서 매우 공감되는 말이다.

옷 가게를 예로 들면, 돈을 벌기 위해 장사를 시작한 사람은 나에게 얼마나 남는가를 계산한다. 즉, 내 이익을 먼저 따진다. 돈을 벌기 위한 목적으로 시작했기 때문이다. 하지만 돈을 버는 사람은 고객의 이익이 먼저다. 고객 만족을 넘어 고객을 감동시키기 위해 노력한다. 고객의 불편함을 찾고, 어떻게 해결해 줄 수 있을지를 고민한다. 장사는 타인의 불편함을 내가 해결해 줄 수 있다는 생각에서 시작한다. 단순하게 '옷 장사를 해서 돈을 벌어야겠다'가 아니다.

내가 돈을 벌고자 하는 사람은 시선이 '나'에게 맞추어져 있다. 하지만 타인의 문제점을 해결하고자 하는 사람은 시선이 '고객'에게 있다. 이것은 장사의 모든 면에 나타날 것이다. '나'에게 초점이 맞추어져 있는 사람은 내가 좋아하는 것을 장사 아이템으로 선정한다. 내가 옷을 좋아하니까 옷 장사를 하는 것이다. 그리고 내가 좋아하는 스타일의 옷을 가져다 놓는다. 시선이 '고객'에게 있는 사람은 내가 좋아하는 것이 사업 아이템이 아니다. 고객의 불편함이 발견되고, 그것을 내가 해결해 줄 수 있을 때 장사가 시작된다. 옷 장사를 해도 내가 좋아하는 옷을 파는 것이 아니다. 고객이 좋아할 만한 옷을 찾는다. 나의 취향과는 아무 상관이 없다. (짧은 티가 대세라고 해도 아줌마들은 유행보다는 오랫동안 입을 옷을 찾는다. 나는 크롭이 좋더라도 대부분 엉덩이를 가리는 기장의 상의를 사입했다.)

　나의 이익을 따지는 사람은 판매에만 열정을 올린다. 하지만 그런 판매원은 고객이 부담스러워한다. 나는 판매보다 고객의 문제를 해결해 주는 것에 최선을 다했다. 고객의 성격부터 파악했다. 옷을 권하는 것을 부담스러워하는 고객을 만나면 일부러 딴청을 피웠다. 고객이 편하게 옷을 보게 하기 위해서였다. 추천하는 것을 좋아하는 고객이 오면 코디까지 싹 다 해줬다. 출산 후 아기띠를 하고 온 손님은 매니저님이 아기와 놀아주고, 나는 여러 옷을 편하게 입어볼 수 있도록 아기 엄마를 배려했다. (아기 엄마들은 옷을 사기 힘들다. 변한 체형에 맞는 옷을 찾기 힘들기 때문이다. 나 또한 이런 과정을 겪어봤기에 공감하며 고객에게 최선을 다했다.) 그 고객이 집으로 돌아갈 때는 아기가 가지고 놀던 자동차 장난감까지 같이 보냈다.

(어차피 아이들이 커서 안 쓰던 거였다.)

잘 팔리는 옷은 여러 벌 많이 팔아야 이익도 남고, 판매도 쉽다. 하지만 나는 먼 곳에서도 손님들이 많이 찾아오기 전까지는 같은 옷을 팔지 않았다. 주문도 받지 않았다. 고객들이 동네에서 같은 옷을 입는 것을 방지하기 위해서였다. 같은 옷을 입은 사람을 좋아하는 사람은 없다.

오픈 때마다 와서 신상품을 사는 고객도 있었다. 너무 많은 옷을 사는 고객은 옷을 못 사게 막기도 했다. 진심으로 고객을 생각하는 마음에서였다. 그 진심은 통했을 것으로 생각한다.

내가 돈을 벌려고 했다면 전부 반대로 행동했을 것이다. 어떻게든 더 팔려고 다 이쁘다고 말했을 것이다. 내성적인 고객이나 외향적인 고객도 똑같이 응대했을 것이다. 이제 막 출산을 한 엄마에게는 관심이 없었을 것이다.(체형 때문에 어차피 옷을 많이 안 산다.) 잘 팔리는 옷을 여러 벌 팔아 수익을 남기고, 옷을 많이 사는 고객에게는 더 많이 팔았을 것이다. 하지만 난 이 모든 것들을 반대로 했다.

반대로 했더니 고객들이 고객을 더 끌어모았다. 그랬다. 돈은 고객의 문제점을 해결해 주고, 고객의 이익을 생각했을 때 나에게 왔다. 나의 이익이 아닌, 고객의 이익이 먼저였다.

옷 장사만 이런 것은 아니다. 모든 일이 이렇다. 블로그에 글을 쓰는 것도 마찬가지다. 대부분은 명확한 고객을 모르고, 내가 쓰고 싶은 글을 쓴다. 이건 일기다. 일기를 쓰면서 왜 이웃 수가 늘지 않는지 고민한다. 초점이 '나'에게 맞추어져 있기 때문이다. 글을 쓸 때도 초점은 '고객'에게 맞추어져 있어야 한다. 명확한 고객을 선정하고, 고객이 좋아할 만한 글을 고객이 알기 쉽게 써야 한다. 고객이 고민할 거리면 더 좋다. (내 블로그가 빠르게 성장했던 이유는 자기 계발을 좋아하는 내 고객이 무엇을 고민하고 있는지를 끊임없이 생각했기 때문이었다. 그리고 고객의 고민을 해결해 주기 위한 글을 연재식으로 올렸었다.)

돈을 벌기 위해서는 사람이 몰려야 한다. 사람이 몰리는 이유는 본인에게 이익이 되기 때문이다. 나의 이익이 아니라 고객의 이익을 생각해야 하는 이유다. 잘 생각해 보면, 우리도 가성비 좋은 곳은 또 가지 않는가? 고객이 돈을 벌어간다는 느낌을 들게 만들면 성공이다. 정말 쉽다. 돈을 벌어간 고객은 반드시 다시 돌아온다.

내가 돈을 벌고자 하면 벌 수 없다. 고객이 돈을 벌어가게끔 만들어야 한다. 그러면 나도 돈을 벌 수 있다.

06

상품이 아닌 가치를 팔아라

〈입어보는집〉에서 판매했던 옷들은 직접 디자인한 옷이 아니었다. 동대문에서 흔하게 팔고 있는 옷을 사입했다. 물론 온라인에서 똑같은 옷도 팔고 있었다. 아주 흔한 옷을 가져다 판 것이다. 그런데 고객은 다른 판매점이 아닌, 왜 〈입어보는집〉에서 옷을 사야 하는가?

이 질문은 차별화와 연결이 된다. 〈입어보는집〉은 다른 옷 가게와 어떻게 차별화되는가? 차별화가 되지 않는다면 굳이 가정집에서 파는 흔한 옷을 살 필요가 없기 때문이다.

물건을 파는 사람들은 상품을 판다고 생각한다. 하지만 틀렸다.

상품을 파는 것이 아니다. 가치를 파는 것이다. 신용을 파는 것이다. 상품을 판다고 생각하면 차별화가 생기지 않는다. 하지만 가치와 신용을 판다고 생각하면 얘기가 달라진다.

물건에는 가격이 형성되어 있다. 똑같은 물건이라도 어디서 어떻게 판매하느냐에 따라서 물건값은 달라진다. 예를 들어, 집 앞 아이스크림 가게에서 판매되고 있는 '메로나'의 가격과 산 정상에서 판매되는 '메로나'의 가격은 다르다. 같은 '메로나'지만 쉽게 구할 수 있는지 없는지에 따라서 가격이 달라지기 때문이다. 산 정상에서 '메로나'는 귀하다. 귀하면 가치가 오른다. 그러니 산 정상에서 판매되는 '메로나'는 훨씬 비싸게 판매될 수밖에 없다.

아는 지인이 냉장고를 샀다. 지인은 물건을 살 때 꼭 백화점을 고집한다. 왜냐하면 백화점 물건이 더 좋으리라 생각하기 때문이다. 그런데 검색해 보았더니 3~40만 원이나 더 저렴한 곳이 있었다. 하지만 그래도 백화점 물건이 더 낫다고 생각한다. 왜냐하면 AS도 백화점이 더 잘 해줄 것으로 믿기 때문이다. 이것이 백화점이 주는 신용이며 브랜드다. 상품이 더 비싸도 고객이 백화점에서 사는 이유다.

옷을 판매했지만, 상품을 판매한다고 생각하지 않았다. 똑같은 옷이 있지만 온라인은 상품을 팔고, 나는 고객의 문제를 해결해 주는 가치를 팔았다. 처음 오픈했을 때는 기절할 정도의 착한 가격으로 팔았지만, 나중에는 제대로 값을 받았다. 왜냐하면 내가 판매하고 있는 옷의 가치를 알고 있었기 때문이었다. 체형에 맞는 옷을 권해주고, 코디도 해주고, 마음껏 입어볼 수 있고, 물론 환불도 즉각 해줬다. (심지어 입던 옷을 가지고 와도 해줬다. 하지만 반품률은 매우 낮았다. 구매 전 마음껏 입어보았기 때문이다.) 이런 가치를 물건값에 넣기 시작했다. 온라인 쇼핑몰에서는 옷을 살 때 나에게 맞을지 고민한다. 그리고 그 옷에 어울리는 옷이 있는지도 고민한다. 하지만 〈입어보는집〉은 그런 고민이 필요 없었다. 알아서 다 해줬기 때문이다. 나는 이런 서비스를 해주는 곳이 우리 집밖에 없다고 생각했다. 이것이 〈입어보는집〉에서 옷을 사야 하는 이유였다. 차별화였다. 실제로 동네 대형 쇼핑몰이 생겼었다. 엄청나게 많은 브랜드의 옷들이 들어왔다. 하지만 〈입어보는집〉은 전혀 타격을 받지 않았다.

옷 한 벌만 구매하는 고객은 거의 없었다. 3~4벌은 기본이었고, 커다란 가방에 옷을 쓸어 담았다. (앞에 얘기했듯이 지금 사지 않으면 내 옷이 안 되기 때문이었다.) 고객이 '옷이 필요한데'라는 생각이 들었다면 바로 〈입어보는집〉을 떠오르게 만들었다. 실제로 코로나로 문을 닫고 1년이 지나도 언제 문을 다시 여냐는 문의가 여러 번 왔었다. 그리고 '옷을 살 곳이 없어요~'라는 문자도 받아봤다. 그 마음을 알 것 같았다. 그리고 그 고객님이 안타깝기도 했고, 보고 싶기도 했다.

〈입어보는집〉에서만 가능한 이야기가 있었다. 〈입어보는집〉만이 가지고 있는 가치가 있었다. 이것이 브랜드라고 생각했다. 이렇게 나는 옷이 아닌, 가치와 신용을 팔았다.

싸게 물건을 파는 것에는 한계가 있다. 남들보다 더 저렴하게 파는 것으로는 절대 브랜드를 이길 수 없다. 작은 구멍가게라도 나만의 브랜드를 만들어야 한다. 다시 얘기하지만, 이것이 옷 가게만 해당하는 이야기일까? 아니다. 글을 쓸 때도, 유튜브를 할 때도 다 적용되는 이야기다. 성공의 원리는 다 통한다. 나만의 브랜드를 가져야 한다.

07

인생은 '세일즈'다

당신에게 인생은 무엇인가?

다시 생각해 보기를 바란다. 인생은 무엇인가?

사람에 따라서 각자 다른 답이 나왔을 것이다. 어떤 사람에게 인생은 '여행'이 될 수 있다. 또 다른 사람에게 인생은 '사랑'도 될 수 있다. 하지만 인생은 '세일즈'다. 이 말은 『멘탈을 바꿔야 인생이 바뀐다』의 저자 박세니 작가님의 말이다. 나는 이 말에 동의한다. 인생은 돈을 빼고 이야기할 수 없기 때문이다. 나는 팔기 위해 태어났다.

돈을 벌기 위해 팔아야 한다. 내가 가진 것은 무엇이든 팔아야 한다. 외모가 이쁜 사람은 외모를 팔고, 노래를 잘 부르는 사람은 노래를 팔아야 한다. 악기를 잘 다루는 사람은 연주를 팔고, 운동을 잘하는 사람은 운동을 잘하는 능력을 팔아야 한다. 글을 잘 쓰는 사람은 글을 팔고, 화가는 그림을 팔아야 한다.

공부를 열심히 해서 좋은 회사에 들어가려고 하는 것도 나를 좋은 상품으로 만들기 위해서다. 즉, 회사에 나의 능력을 파는 것이다. 이렇듯 모든 사람은 팔기 위해 태어났다. 판다는 것이 거부감이 드는가? 아니다. 나의 능력과 재능을 판다는 것은 세상을 이롭게 만드는 행동이다. 그러므로 나의 잠재력을 최대한으로 발현해서 가장 비싸게 팔아야 한다. 그것이 세상에 이롭기 때문이다.

인생은 '세일즈'다. 부자가 되고 싶다면 이 문장을 머릿속에서 지우면 안 된다. 부자가 되고 싶다면 '판매'라는 단어가 항상 머릿속에 있어야 한다. 어쩔 수 없다. 자본주의 사회에서 돈을 벌기 위해서는 판매를 해야 하기 때문이다. 판매를 잘하지 못하면 가난해진다. 그러니 나를 최고의 상품으로 만들어 판매에 집중해야 한다.

그렇다면 무엇을 팔아야 하는가? 재능을 팔면 된다. 나는 외모도 뛰어나지 않고, 재능도 없고, 머리도 뛰어나지 않다면 상품, 서비스, 콘텐츠를 팔면 된다. 책을 읽고, 글을 써서 콘텐츠를 팔아라. 잘 먹는다면 먹는 모습을 찍어서 팔아라. 강아지를 키운다면 내 강아지의 귀여운 모습을 팔아라. 반려 식물을 키우는 것에 흥미가 있다면 반려 식물을 팔아라. 무엇이든 좋다. 나의 모든 것과 내가 가지고 있는 모든 것을 팔아라. 미친 듯이 팔아라. 인생은 '세일즈'다. 그러니 팔지 못하면 죽는다.

나는 옷 장사를 시작했을 때 상품을 판매했지만(물론 상품의 가치를 팔았다.), 암에 걸린 후 글을 팔고 있다. 집에서 옷을 팔았던 경험부터 암에 걸렸던 경험, 여행 경험, 읽고 있는 책 등 내가 경험하고 있는 모든 일들을 콘텐츠화해서 팔고 있다.

훌륭한 외모나 예체능적 재능, 명석한 두뇌가 없음을 한탄할 필요가 없다. 내가 없는 것에 불평해 보았자 나에게 이로울 리 없다. 자수성가한 부자는 처음부터 모든 것을 가지고 태어난 사람이 아니다. 불우한 가정 환경과 가난을 발판 삼아 엄청난 부를 만들어 냈다.

내가 가지고 있는 것이 무엇인지 찾아야 한다. 반드시 나에게만 있는 그 무엇이 있다. 내가 가진 것에 집중하고 어떻게 효과적으로 팔 것인가를 고민해야 한다.

아무리 생각해도 내가 가진 것이 없다면 만들면 된다. 만드는 과정을 콘텐츠로 만들면 된다. 꾸준히 올리면 브랜드가 된다. 가장 쉬운 방법은 독서다. 책을 읽고, 읽은 내용을 꾸준하게 콘텐츠로 만들어라. 앞서 얘기했지만, 아웃풋은 콘텐츠를 생산하면서 효율적으로 공부하는 방법이다. 돈을 벌면서 공부를 할 수 있는 시대가 되었다. 정말 멋진 시대다.

08

최악의 낭비 '아끼기'

　　2년 전쯤 마곡사 봉사 템플스테이를 간 적이 있었다. 봉사자는 4명이었는데 나를 빼고 모두 20대였다. 그중 한 명이 나에게 불쑥 물었다. '그런데 아껴서 부자가 될 수는 없잖아요?' 그때 이렇게 대답했다. '아껴서 부자가 될 수는 없지만, 아끼지 않고는 부자가 될 수가 없어요.' 그리고 한마디 덧붙였다. '그런데 아끼는 것도 현명하게 아껴야 해요. 작은 돈을 아끼기 위해 내 시간을 함부로 쓰는 것은 더 어리석은 행동 같아요.' 부자는 아니지만 그동안 자산을 불리며 느낀 것을 알려주고 싶었다. 진짜 하고 싶은 얘기는 마지막 얘기였다. 내가 작은 돈을 벌기 위해 시간을 함부로 썼던 사람이었기 때문이었다.

신혼 초부터 열심히 아끼기 시작했다. 바나나가 싼 마트로 가서 바나나를 샀다. 두 블록 옆에 있는 마트를 또 갔다. 이번에는 우유와 양파를 사기 위해서였다. 이런 방법으로 더 저렴한 상품을 찾아 마트를 돌아다녔다. 필요한 물건이 있으면 중고로 샀고, 가장 저렴한 물건을 가격까지 깎아서 샀다. 단 얼마라도 저렴하게 물건을 구매하면 그렇게 기분이 좋을 수 없었다. 집에 필요 없는 물건은 다시 중고로 팔았다. 심지어 부끄러운 얘기지만 안 입던 옷도 1,000원에 판 적이 있다. (지금은 당근마켓이 있었지만, 이때는 지역 맘 카페에서 중고 물건을 사고팔았다.) 필요한 물건이 있어도 중고가 나올 때까지 기다리기도 했다. 물건이 나와도 더 저렴해지기를 또 기다렸다. 아이가 태어나니 필요한 물건들이 매우 많아졌다. 각종 책부터 장난감까지 종류도 다양했다. 나는 이런 것들을 대부분 중고로 사고, 중고로 되팔았다. 몇십만 원짜리 전집도 있었지만, 몇천 원짜리 물건도 있었다. 새 물건을 사게 된다면 최저가를 찾았다. 단 몇백 원 차이라도 가장 저렴한 것을 찾았다.

아끼며 열심히 살고 있다고 생각했던 이런 나의 행동은 지나고 보니 너무 어리석은 행동이었다. 왜냐하면 귀한 내 시간과 에너지를 고작 몇백 원, 몇천 원을 아끼기 위해 함부로 썼기 때문이다.

마트는 한 군데에서 구매해야 했다. 가격이 크지 않은 물건들은 되파는 것이 아니라 버리거나 버리기 아까운 것들은 필요한 사람에게 줘야 했다. 필요한 물건은 가격 차이가 크지 않다면 빠르게 결정을 내리는 것이 맞았다. 결정을 미룰수록 나의 시간과 에너지를 소모하게 되기 때문이다.

정말로 후회되는 부분이다. 다시 10년 전으로 돌아간다면 절대로 이렇게 아끼는 것에 올인하며 나의 황금 같은 시간과 에너지를 낭비하지 않을 것이다.

최고의 낭비는 푼돈을 아끼기 위해 가장 비싼 나의 시간과 에너지를 함부로 쓰는 행동이다. 작은 돈을 아끼기 위해 내 시간과 에너지를 얼마나 쏟아부었는지 생각해 보자. 내가 고작 그 정도 가치밖에 되지 않는 사람인가?

번 돈보다 더 적게 쓰면 돈은 모인다. 하지만 적게 쓸 생각보다 돈을 더 많이 벌 생각을 하는 것이 현명하다. 나는 아끼려고 이 세상에 태어난 사람이 아니다. (그렇다고 함부로 쓰라는 말이 결코 아니다.)

아끼는 것에 쓸 시간과 에너지를, 책을 읽고 운동하는 것에 써야 한다. 이런 것이 나에게 투자하는 행동이다. 최고의 투자는 나에게 하는 투자다. 나에게 한 투자는 결국 내가 더 큰 돈을 벌 수 있도록 만들어 준다.

아끼는 것에 최선을 다하지 말자. 몇 푼 아끼는 것에 최선을 다할 것이 아니라 나에게 투자하는 것에 최선을 다해야 한다. 그렇게 더욱 생산적인 사람이 되어야 한다. 나의 가치를 올리면 더욱 빠르게 부자가 될 수 있다.

09

가장 현명한 투자처

　　나는 정말로 어리석은 사람이었다. 돈을 아끼기 위해 나에게 야박하게 굴었기 때문이다. 신랑은 직장생활을 하니 아끼는 것에 한계가 있었다.(물론 신랑도 허투루 돈을 쓰진 않았다.) 그렇다고 아이들에게 들어가는 돈을 막 아끼고 싶진 않았다. 결국 아낄 수 있는 것은 '나' 밖에 없었다.

　나에게 들어가는 모든 돈을 아꼈다. 옷을 사 입지 않는 것은 물론, 먹고 싶은 음식도 참았다. 동네 아줌마들도 만나지 않았다. 만나면 밥도 먹고, 차라도 한잔해야 하기 때문이다. 돈이 아까워서 운동도 안 다녔다. (내가 이렇게 명청했다.) 화장품도 잘 사지 않았으며, 신발이나 가방도 사지 않았다. (밖을 안 나가니 필요도 없었다.)

하지만 이젠 나에게 필요한 것이 있으면 산다. 유방암에 걸리고 '나'를 생각해 보니 너무 불쌍했기 때문이다. 이렇게 아끼고 열심히 살다가 암에 걸려 죽는다고 생각해 보니 그랬다. 그런데 이렇게 사는 삶을 누가 시킨 적이 없었다. 다 내가 선택한 행동이었다. 나에게 희생을 강요한 사람은 아무도 없었다. 더 웃긴 건, 나는 내가 아주 열심히 잘 살고 있다고 생각했다.

돈은 흘러야 한다. 돈은 고여있으면 썩는다. 돈이 생긴 목적은 교환하기 위해서다. 돈이 돌지 않으면 사회의 에너지도 멈춘다. 돈은 모아둘 때가 아니라 움직일 때 힘을 가진다. 움직이는 돈은 새로운 기회를 만든다. 돈은 흘러야만 제 역할을 하게 되는 것이다. 나는 돈의 사용 가치를 너무 늦게 알았다.

그렇다면 돈은 어떻게 써야 하는가? 나는 돈을 쓸 때 투자와 소비로 나누어 생각하기로 했다.

일단 건강한 음식을 먹는 것에 돈을 쓰기로 했다. 그전에는 아이들이 먹다 남은 음식을 먹거나 대충 끼니를 때웠다. 하지만 이젠 아니다. 내가 먹고 싶은 음식을 하고, 나를 위한 식재료도 산다. 신선한 유기농 샐러드 재료를 사고, 버섯도 왕창 산다. (그동안 이런 음식들은 아이들이 안 먹으니 나도 안 먹었다.) 낫토나 청국장도 산다. 다 나만을 위한 식재료다. 달걀도 1번을 산다. (달걀은 난각 번호가 있다. 1번부터 4번까지 있는데 아주 협소한 공간에서 스트레스를 많이 받으며 사육된 닭이 낳은 달걀이 4번이다. 대신 가격이 저렴하다. 반면에 1번 달걀을 낳는 닭은 자유롭게 풀어놓고 키워진다. 스트레스가 매우 적은 환경에서 건강한 사료를 먹으며 사육된다. 하지만 달걀의 가격은 4번 달걀의 두 배가 넘는다.)

달걀을 하루에 2개씩 먹는다. 1번란 하나에 800원으로 잡으면 1,600원을 나에게 투자하는 셈이다. 정확히는 4번 달걀을 먹어도 800원은 쓰는 셈이니 하루에 나에게 800원만 더 쓰는 셈이다. 나는 커피를 마시지 않는다. 배달 음식이나 쓸데없는 곳에 돈을 쓰지 않는다. 남들이 커피 사 먹는 것에 쓰는 돈을 나는 건강한 달걀을 먹는 것에 투자한다. (혹시 유기농 채소와 1번란은 비싸서 안 먹지만, 더 비싼 커피는 하루에도 여러 잔 마시지 않는가?)

운동에 돈을 쓰기 시작했다. 폴댄스를 배우고 있다. 폴댄스는 회당 2만 원 가까이 된다. 회원권을 끊고 매일 간다. 하루에 두 타임도 듣는다. 예전 같으면 상상도 못 했을 돈을 운동에 쓰고 있다. 지금은 전문가반에 등록해서 일정 기간 무한으로 수업을 듣고 있

나는 열심히 살지 않기로 했다

다. 전문가반은 더 비싸다. 하지만 나의 건강을 위해 기꺼이 투자하고 있다. 덕분에 지금 나는 책을 쓰고 있다. 폴댄스로 체력을 키운 덕분에 지금 글을 쓸 수 있게 되었다. (폴댄스를 배우며 성취감과 도전 정신과 긍정적인 마인드를 모두 가질 수 있게 되었다. 배워보면 안다!)

건강한 음식을 먹는 것과 운동 외에 한 가지 더 쓰는 곳이 있다. 독서다. 책을 사는 것에는 돈을 아끼지 않는다. 많을 때는 한 달에 16권도 샀다. 책을 사는 것에는 전혀 돈이 아깝지 않다. 배움에 책처럼 가성비 좋은 투자가 없다는 것을 알기 때문이다. 사실 책을 살 때 쓰는 돈은 신혼 때도 아끼지 않았다. 다른 모든 것에는 아끼기 위해 최선을 다했지만, 책을 살 때만큼은 달랐다. 그때도 읽고 싶은 책이 있다면 큰 고민 없이 샀다. 지금 봐도 정말 잘한 행동이라고 생각한다. 달라진 것이 있다면 그때보다 더 많은 책을 산다는 것이다. 왜냐하면 읽는 속도가 빨라졌기 때문이다. 그러니 읽어야 할 책이 더 많이 필요해졌다.

여전히 물건을 사는 것에는 야박한 편이다. 일부러 야박한 것이 아니라 관심이 크게 없다. 그래도 어쩔 수 없이 사야 할 경우 최대한 빠르게 결정한다. 시간이 아깝기 때문이다. 조금 더 저렴한 물건을 찾기 위해 애쓰는 행동에 나의 귀한 에너지를 쓰고 싶지가 않다. 정말이지 나는 나의 에너지와 시간이 너무나 소중하다. 이렇게 아낀 에너지와 시간을 더 소중한 곳에 쓰고 싶다.

위에 얘기했듯이 부자는 투자가 만든다. 최고의 투자는 '나'에게 투자하는 것이다. 나에게 야박하게 굴면 안 된다. 내가 나에게 야박하게 굴면 남들 또한 그렇게 대접할 것이다. 돈 또한 나를 야박하게 대할 것이다.

나에게 최고의 음식을 대접하라. 운동을 하는 것에 기꺼이 비용을 지불하라. 그리고 배움에 투자하라. 이것이 쌓여 복리로 나타나면 엄청난 효과를 볼 수 있다.

10

스피드 복리를 노려라

　　사람들은 복리라고 하면 돈의 복리만 생각한다. 복리는 오랜 시간에 걸쳐 이자가 쌓이고 쌓이는 수학적 구조다. 복리의 핵심은 '오랜 시간'이다. 복리를 통해 부자가 되기 위해서는 반드시 '오랜 시간'이 필요하다.

　　워런 버핏은 11살 때 주식을 시작했다. 하지만 그의 부는 노년이 되어서야 기하급수적으로 늘어났다. 버핏이 50세 때 사망했다면 그는 지금과 같은 부와 명성을 얻을 수 있었을까? 버핏은 1930년생 95세다. 버핏의 부를 만든 놀라운 능력 중 하나는 장수도 포함된다.

　　엠제이 드마코의 『부의 추월차선』에서도 복리를 서행 차선으로 소개했다. '제대로만 사용된다면 복리는 부자가 되기 위한 강력한 방법이다. 하지만 서행차선 방식으로 사용된다면 복리는 부자가 되기 위한 과정을 느려 터지게 만들 뿐이다. 왜일까? 이 질문 역시 수학을 통해 볼 수 있다. 답은 직업을 통해 부자가 될 수 없는 이유와 같다. 바로 시간 때문이다.'

많은 시간을 들인 후 부자가 된다면 돈은 언제 쓰는가? 부자가 되기 전에 생을 마감할 수도 있다. 복리는 속도가 너무 느리다. 나는 돈의 복리로 부자가 되기를 바라지 않는다.

스피드 복리는 두 가지가 있다. 하나는 뇌를 스마트하게 만드는 것이다. 그리고 다른 하나는 좋은 습관을 만드는 것이다. 두 가지에 대해서 이야기해 보자.

〈뇌의 복리를 노려라〉

내가 노리는 복리는 따로 있다. 뇌를 스마트하게 만드는 것이다. 뇌는 변한다. 뇌가소성 때문이다. 뇌는 고정된 것이 아니다. 아이큐도 정해진 것이 아니다. 뇌는 쓸수록 더 스마트해진다. 즉, 뇌가소성은 자신의 욕구에 맞게 뇌를 만들 수 있음을 의미한다.

나이가 들면 뇌가 나빠진다고 생각하지만, 아니다. 나이가 들면서 뇌를 쓰지 않기 때문에 뇌가 나빠지는 것이다. 학창 시절처럼 꾸준히 공부하는 사람은 드물다. 나이가 들면 어느 순간 학습을 멈춘다. 그러니 뇌가 나빠지는 것이다.

대표적인 예로 런던 택시 기사가 있다. 런던 택시 기사의 뇌를 촬영해 보니 일반인들보다 월등하게 큰 해마를 가지고 있었다. 해마는 뇌에서 공간과 기억을 맡는 부분이다. 런던 시내의 길은 매우 복잡하다. 25,000여 개의 런던 도로와 광장을 외워야 한다. 따라서 런던 택시 기사는 직업상 뇌의 해마 부분을 많이 쓸 수밖에 없는 구조다. 그러니 해마가 커진 것이다.

나는 학창 시절 공부를 잘하는 학생이 아니었다. 창의적인 아이디어가 많다고 느낀 적도 없다. 하지만 최근 나는 내가 스마트해졌다고 느낀다. 예를 들면, 집에서 옷을 팔 아이디어를 생각하고 실행했다. 그리고 판매하는 과정에서도 재미있는 아이디어들이 계속 나왔고, 나는 그것들 또 적용했다. 집에서 여성복을 팔았는데 망하지 않은 것만 해도 멍청한 것 같지는 않다.

옷 가게를 확장해야겠다고 생각하고 초대형 평수 집을 구하러 다녔다. 그리고 나는 지금 살고 있는 이 집을 보지도 않고 구매했다. 이 집은 세입자가 집을 보여주기 꺼려해서 몇 년째 안 팔리던 집이었다. 나는 같은 동 다른 물건을 봤다. 그리고 이 집을 샀다. 심지어 집을 못 보고 사는 대가로 가격도 많이 깎았다. 집을 안 보고 매매를 할 수 있었던 이유는 집값이 오르리라는 것을 알았기 때문이다. 집의 가치 대비 말도 안 되는 저렴한 가격이었다. 사는 순간 엄청난 이득이라는 것이 보였다. 내 예상은 맞았다.

주식도 있다. 코로나로 옷 가게 문을 닫고 난 후 주식을 시작했다. 코로나 때 경험해 본 사람은 알겠지만, 어마어마한 폭락장이었다. 2300이었던 코스피 지수가 1400까지 떨어졌다. 지수가 이 정도였으니 개별주식은 정말 눈 뜨고 보기 어려울 정도였다. 기회가 왔다고 생각했다. 개별주식은 잘 모르니 1등 주식 위주로 샀다. 삼성전자다. (세계가 한 번씩 뒤집어질 때 잘 모르면 1등 주식을 사야 한다. 작은 회사는 망해도 1등은 살아 남기 때문이다. 난 이런 것도 책에서 배웠다.) 주식을 사니 또 폭락했다. 또 샀다. 그리고 또 폭락했다. 하지만 또 샀다. 꽤 큰 금액이 들어갔다. 하지만 무섭지 않았다. 반드시 오른다는 것을 알고 있었기 때문이었다. 밤에 잠이 들 때면 살짝 공포도 느꼈지만, 기회를 잡았다는 생각에 설렘이 더 컸다. 정말 설렜다. 그리고 내 눈에 왜 자꾸 이런 기회가 보이는지 신기했다.

이런 촉은 지금도 진행 중이다. 얼마 전까지만 해도 한국 주식을 하면 바보 소리를 들었다. 미국 주식이 날아가고 있었기 때문이다. 이때 나는 슬며시 미국 주식을 정리했다. 그리고 한국 주식으로 조금씩 갈아탔다. 한국은 계엄령이 떨어지고 미래가 안 보인다는 등 대한민국이 꼭 망할 것 같은 뉴스가 도배되었을 때다. 환율도 치솟았다. 미국 주식을 정리한 달러를 고환율에 다시 원화로 환전했다. 그리고 한국 주식을 사 모았다. 하지만 얼마 전부터 한국 주식이 날아가고 있다. 앞으로 어떻게 될지 알 수 없으나, 내 눈에 자꾸 무언가가 보인다는 것은 확실히 느끼고 있다.

학창 시절과 비교해 보았을 때 지금이 월등하게 사고력과 판단력이 좋아졌다. 그러니 상황 판단을 하고, 기회를 보고, 최대한 기회를 잡기 위해 노력하고 있다. 내가 이렇게 변한 근본적인 이유는 독서였다. 아이를 키우며 육아서를 읽기 시작했다. 육아서는 자기계발서로 연결이 되었고, 지금은 인문학, 뇌과학, 마케팅, 글쓰기, 경영 등 그때 필요하다고 생각되는 모든 책을 읽는다. 지금의 나는 책이 만들었다. 책을 읽지 않았다면 결코 장사를 성공시키고, 부동산의 가치를 파악하고, 주식 시장에서 수익을 낼 수 없었을 것이다. 책을 읽고 뇌가 변했기 때문에 이 모든 것이 가능했다.

하지만 진짜 나의 뇌가 빠르게 좋아지고 있다고 느낀 것은 암에 걸린 후 글쓰기를 시작하면서부터다. 눈으로만 읽는 독서에서 쓰기 위한 독서로 바뀌었다.

가토 도시노리는 뇌과학 및 뇌 MRI 전문가다. 그의 저서 『사소하지만 굉장한 어른의 뇌 사용법』에는 출력의 중요성이 강조되어 있다. '자기 생각을 소리 내어 말하거나 글로 정리하는 등 전달계 뇌번지를 의식적으로 사용해 출력하는 정보의 양의 늘릴수록 입력되는 정보의 질도 향상되는 장점이 있습니다.' 출력하면 가지고 있던 정보의 질이 향상된다니, 놀라운 일이 아닐 수 없다. 글쓰기는 출력이다. 글쓰기는 가지고 있는 정보의 질을 올릴 뿐만 아니라 더 오랫동안 정보를 기억할 수 있도록 만든다.

글을 쓰면 사고가 명확해진다. 쓰기 위해 생각해야 하기 때문이다. 쓰기 위해 핵심과 결론을 찾아야 한다. 명확하지 않으면 명확한 글도 써지지 않는다. 글을 쓰며 애쓰는 이런 과정들이 사고력을 키운다.

글쓰기의 장점은 또 있다. 글을 쓰다 보면 다른 책들이 떠오르기도 하고, 지금 내가 겪고 있는 생활과도 연결이 되어 좋은 아이디어가 떠오르기도 한다. 글을 쓰다가 '아!' 하는 순간을 맞이하게 되는 것이다. 창의적인 아이디어가 '번쩍'하는 것이다. 나는 이럴 때 희열을 느낀다. 모르는 것을 알게 되었을 때 느끼는 희열과는 다르다. 연결되어 나만의 아이디어가 떠오를 땐 정말이지 도파민이 과다 분출되는 느낌이다. 내가 특별하게 느껴지는 순간이다.

위험과 기회는 함께 온다. 스마트하지 못한 뇌는 같은 현상을 보고 위험으로 인지한다. 그러니 가지고 있던 부동산과 주식을 판다. 스마트한 뇌는 같은 현상을 보고 기회로 인지한다. 그러니 다른 사람이 던진 부동산과 주식을 산다. 폭락장에 주식을 사면 돈을 벌 수 있다는 것은 누구나 알고 있다. 하지만 항상 파는 사람이 있다. 그리고 사는 사람 또한 있다. 나는 어떤 사람이 되고 싶은가?

기회는 계속 온다. 기회가 올 때마다 옳은 선택을 반복하면 빠르게 부자가 될 수 있다. 복리보다 더 빠르게 부자가 될 수 있다.

하루라도 빨리 책을 읽어야 한다. 『역행자』의 저자 자청은 10대에 게임만 했던 행동을 후회했다. 만약 10대 때부터 책을 읽고, 글을 썼다면 어땠을까? 더 빠르게 더 큰 부를 가질 수 있었을 것이다. 나 역시 10대 때는 책을 읽지 않았다. 20대가 되어서야 책을 읽기 시작했다. 정말로 책을 읽지 않았던 어린 시절의 시간이 너무나 아깝다. 10년만 일찍 책을 읽기 시작했다면 지금의 나는 또 다른 사람이 되어 있었을 것이다.

독서와 글쓰기는 하루라도 빨리 시작해야 한다. 뇌가소성 때문이다. 뇌는 변하지만, 뇌도 복리로 변한다. 처음 책을 읽기 시작한 사람과 10년 이상 책을 읽은 사람은 책을 읽는 속도가 다르다. 지식을 습득하는 속도도 다르다. 학습 속도가 빨라진 것이다. 시간은 가장 소중한 자산이다. 무엇인가를 빠르게 습득한다는 것은 엄청난 장점이 아닐 수 없다. 이것이 지식의 복리다.

지겹지만 계속 강조한다. 책을 읽고, 글을 써야 한다. 이것이 스피드 복리다. 내가 가장 빠르게 부자가 될 수 있는 길이다. 뇌의 복리를 노려라.

〈성공은 철저한 자기관리에서 온다는 착각〉

성공한 사람들을 보면 하나같이 자기관리를 매우 잘하는 것처럼 보인다. 매우 대단한 자제력이 있는 것처럼 보이기도 하고, 어떻게 저렇게 좋은 습관을 많이 가졌는지 신기하기도 하다. 타인이 보면 좋은 습관을 지닌 사람들의 행동은 고행으로 보인다. 그리고 자기는 할 수 없다고 포기한다.

하지만 성공한 사람들은 자기관리에 매일 애쓰고 있지 않다. 단지 매일 좋은 습관으로 살고 있을 뿐이다. 이미 습관으로 자리 잡은 자기관리는 전혀 힘들지 않다. 자동으로 그 행동을 하게 된다. 다만 좋은 습관을 처음 만들 때 많은 노력을 쏟았을 뿐이다.

'사실 성공은 단거리 경주다. 건전한 습관이 자리를 잡을 때까지만 자신을 훈련시켜 달리는 단거리 전력질주인 셈이다. .... 생각보다 훨씬 적은 자기 통제력만으로도 성공할 수 있다. 이유는 하나다. 성공은 옳은 일을 해야 얻는 것이지, 모든 일을 다 제대로 해야 얻을 수 있는 것이 아니기 때문이다.'

『원씽』의 저자 게리 켈러의 말이다. 『원씽』에 의하면 습관을 만드는 시간은 66일이다. 좋은 습관 1개를 내 것으로 만들기 위해 66일만 최선을 다하면 된다. 습관이 된 후에는 애를 쓰지 않아도 저절로 굴러가기 때문이다.

예를 들어, '블로그에 매일 글쓰기'를 습관으로 만들자고 다짐해 보자. 마감 기한이 없는 노력은 너무 막막하다. 따라서 실패로 돌아가기 마련이다. 고생의 끝이 보이지 않기 때문이다. 이럴 때 '딱 66일만 써보자'로 마음을 바꿔본다. 그리고 하루하루 카운트를 센다. 성공 확률이 훨씬 더 커질 것이다.

나는 블로그에 매일 글을 쓰기 시작한 지 4개월이 넘었다. 처음 블로그에 글을 쓸 때는 매일 글을 올리는 사람들을 보면 신기했다. 블로그 포스팅 하나를 쓰는 것에 매우 많은 시간과 에너지가 들었기 때문이다. 하지만 지금은 글쓰기가 습관이 되었다. 블로그에 매일 글을 쓰는 것은 물론 책까지 쓰고 있다.

글쓰기도 처음 시작할 때는 힘들지만, 쓰는 것이 습관화되면 덜 힘들다. 지금은 블로그에 포스팅 하나 올리는 것쯤은 전혀 부담스럽지 않다. 이런 단계가 되면 포스팅 개수를 늘리던지, 책을 쓰던지, 다른 SNS를 시작하게 된다. 습관 위에 습관을 또 쌓는 것이다. 속도가 붙는 것이다. 성장이 빨라지는 것이다. 이렇게 속도가 붙으면 빠르게 성공을 맛볼 수 있게 된다. 하지만 처음은 66일간 매일 블로그에 글을 쓰는 것이 시작이었다. 이렇게 나는 66일간 매일 글을 쓰며 '글쓰기'라는 엄청난 삶의 무기를 습관으로 가지게 되었다.

매일 샐러드를 먹기 시작한 지 2년이 되었다. 샐러드는 맛이 없었다. 하지만 에너지를 만들기 위해 먹었다. 그렇게 자꾸 먹다 보니 샐러드를 먹는 것에 익숙해졌고, 신선한 채소의 맛을 알게 되었다. 요즘은 자기 전에 다음 날 먹을 샐러드를 생각하면 기분이 좋아진다. 이제 나에게 샐러드를 먹는 일은 전혀 어려운 일이 아니다.

단식도 하고 있다. 이것도 2년이 넘었다. 샐러드를 먹기 시작했을 때 같이 시작했기 때문이다. 처음 단식을 시작했을 때는 15시간 굶는 것으로 시작했다. 그리고 차츰 늘려 지금은 18;6 단식을 하고 있다. 18;6 단식은 18시간을 굶고 6시간 동안 먹는 것을 말한다. 음식을 17시간 이상 먹지 않으면 몸에서 오토파지(autophagy)가 일어난다. 오토파지(autophagy)는 스스로 자신의 세포를 먹는 것을 말한다. 그런데 이때 아무 세포나 먹는 것이 아니다. 변형되고 노화된 세포를 청소한다. 나는 항암 효과를 노리고 단식하고 있다.

처음 단식을 시작했을 때는 매우 힘들었다. 식욕이 폭발하기도 했다. 하지만 지금은 거의 그런 일이 없다. 2년 동안 단식을 하면서 어떻게 먹어야 식욕을 폭발하지 않고 더 건강한 음식을 먹을 수 있는지 알게 되었다.

찬물 샤워도 시작했다. 시작한 지 50일쯤 되어간다. (찬물 샤워는 면역력을 높이고, 창조력을 높인다.) 찬물 샤워는 아직 습관이 되었다고 말할 수 없다. 하지만 확실한 것은 찬물 샤워도 처음처럼 힘들지 않다는 것이다. 가끔은 하고 싶을 때도 있다. 진짜다!

나는 내가 지금 만들고 있는 이 습관들이 나를 더 건강하고, 위대하게 만들 것임을 안다. 하지만 나는 샐러드를 먹고, 단식하고, 찬물 샤워를 하고, 매일 글을 쓰는 것에 엄청난 힘을 쓰지 않는다. 이미 만들어진 습관들이기 때문이다. 나는 지금 만들어진 습관대로 살고 있을 뿐이다.

찬물 샤워까지 습관으로 완벽하게 자리를 잡는다면 좋은 습관을 더할 생각이다. 이렇게 좋은 습관을 하나씩 쌓으려고 한다. 결국 성공은 습관이 만드는 것이기 때문이다. 한근태 작가님은 '성공은 좋은 습관이다.'라고 말씀하셨다. 나도 매우 동의한다. 성공은 결국 좋은 습관이 만든다.

좋은 습관을 하나씩 만드는 것은 스피드 복리다. 결국 이런 습관들이 나를 더 건강하고, 풍요롭게 만들 것이다. 우리가 바라는 건강과 부 모두를 가질 수 있는 진짜 부자가 되는 길이다.

04

제4장

성공 게임

'열심히'를
뛰어넘어 놀자.
노는 사람이 행복하고,
큰 성과를 만든다.

4장을 시작하며

인생을 성공 게임으로 생각하면 재밌다. 게임 속에서 우리는 목표를 정하고, 도전하며, 필요한 아이템을 모아가면서 성장한다. 게임을 즐기는 사람은 전략을 세우고, 아이템을 현명하게 사용하며, 몰입한다.

게임을 시작하기 위해 가장 먼저 필요한 것은 신체다. 게임을 시작할 때 캐릭터를 고르는 것과 같다. 신체 없이는 시작이 안된다. 기본 중에 기본이다.

게임 속에서는 몰입이 승패를 가른다. 인생도 마찬가지다. 몰입이란 지금, 이 순간에 온전히 빠져드는 능력이다. '플로우(flow)'라고 부르는 이 상태는 시간을 잊게 만들고, 더 깊고 빠른 성장을 이끈다. 성공 게임에서 몰입은 매우 빠르게 성장을 만드는 강화 아이템과 같다.

게임의 고수는 남들이 가지 않는 길에서 새로운 가능성을 찾는다. 역행적 태도는 고수들의 영역이다. 세상에 보이는 공식을 그대로 따르지 않고, 때로는 반대로 움직이며 전략을 세운다. 역행적 태도를 가진 사람은 실패를 두려워하지 않고, 실패조차 경험치로 바꾸며 자신만의 길을 걸어간다.

성공 게임에서 승리하는 방법은 신체, 몰입, 역행적 태도를 가지는 것이다.

역량은 체력을 넘어설 수 없다

처음 쓴 글을 지금 보면 부끄럽다. 엉망이기 때문이다. 그럼에도 불구하고 사람들은 내 글을 좋아했다. 글을 매우 잘 쓴다는 댓글도 달렸었다. 지금 생각해보면 미친 듯이 글쓰기에 몰입했기 때문이었던 것 같다. 하루 종일 글을 썼고, 진심으로 글을 썼다. 글은 엉망이지만 나의 진심이 전달되었던 것 같다. 그렇게 블로그는 빠르게 성장했다.

하지만 블로그를 키우면서 몇 번이고 글쓰기가 멈춰졌다. 자꾸 아팠기 때문이다. 유방암 수술을 받고 나서 팔을 제대로 쓸 수 없었다. 팔을 움직이지 못하니, 어깨도 문제가 생겼다. 옷을 입고 벗기도 힘들었으며, 잠을 잘 때도 어깨가 아팠다. 덕분에 잠을 깊이 잘 수 없었다. 그래도 글을 썼다. '나는 아파도 글을 쓴다.' 이렇게 거만한 마음을 가졌었다. 갈비뼈에도 금이 갔었다. 방사선 치료 때문이었다. 그래도 운동을 하려 애썼다. 상체를 잘 쓰지 못하니, 할 수 있는 운동은 걷기뿐이었다.

날마다 걸어도 컨디션은 좋지 않았다. 하지만 매일 글을 썼다. 포스팅을 하루에 3~4개씩 쓴 적도 있다. 심지어 전자책도 3권 썼다. 브런치 작가가 되어 브런치북도 2권 만들었다. 그리고 또 쓰러졌다. 소화도 되지 않았다. 그렇게 몇 개월을 골골거리며 또 아팠다. 당연히 글쓰기도 멈추어졌다.

멋진 아이디어가 있고, 열정이 넘친다 한들 아프면 꽝이라는 사실을 그제야 깨달았다. 의지는 결코 신체를 이길 수 없기 때문이다. 몸이 먼저다. 진짜다. 내가 지금 건강한 음식을 먹고, 매일 운동하고, 매일 찬물 샤워를 하는 이유는 건강한 에너지를 만들기 위해서다. 내 몸이 건강한 에너지로 꽉 차 있을 때 폭발적인 성장과 지속이 가능하다는 것을 알았다. 지속을 만드는 힘은 신체에 있었다.

좋은 음식을 먹지 않고, 운동도 하지 않으면서 성공을 꿈꾼다면 그 꿈은 곧 꺾인다. 왜냐하면 건강하지 않은 신체에서 좋은 에너지가 생길 수 없기 때문이다. 몸이 힘든데 좋은 아이디어가 떠오를 리 없다. 몸이 아픈 데 계속 도전하기란 불가능하다.

체력은 실력이다. 사람이 하는 모든 일은 몸이 한다. 앉아서 하는 일조차 몸으로 하는 것이다. 머리를 써서 하는 일이 에너지가 가장 많이 들어간다. 생각할 때 뇌는 매우 많은 에너지를 필요로 한다. (두뇌는 몸 전체의 에너지를 20퍼센트나 소비하는 아주 값비싼 장기다. 뇌를 많이 사용하면 뇌의 에너지 소비량 또한 늘어난다.)

체력이 부족하면 글을 쓸 수 없다. 글을 쓰겠다는 의지조차 생기지 않는다. 체력이 있어야 의지도 생기고 오랫동안 앉아 있을 수 있다. 엉덩이로 글을 쓰는 것이 아니다. 글은 체력으로 쓰는 것이다. 글쓰기뿐만 아니다. 모든 일이 그렇다. 사람의 역량은 결코 체력을 넘어설 수 없다.

운동선수만 체력이 필요한 것은 아니다. 작가도 체력이 있어야 끝까지 글을 쓸 수 있고, 기업가도 체력이 있어야 끊임없는 위기와 마주할 수 있다. 체력은 단지 '건강한 몸'의 개념을 넘어, 사람의 지속가능성을 결정한다. 아무리 똑똑해도, 아무리 열정이 있어도, 몸이 따라주지 않으면 모든 것은 멈춘다.

사람은 머리로 꿈을 꾸고, 가슴으로 열망하지만, 결국 그것을 현실로 옮기는 것은 몸이다. 아무리 뛰어난 지식과 기술, 의지가 있어도 체력이 뒷받침되지 않으면 그 역량은 한계에 부딪힌다. 체력이 안 되면 열정도 식는다.

역량을 키우고 싶다면, 먼저 체력을 길러야 한다. 하루를 버틸 수 있는 힘, 반복을 견딜 수 있는 인내, 마지막까지 밀어붙일 수 있는 에너지는 결국 몸에서 나오기 때문이다. 결국 사람이 할 수 있는 일의 최대치는 그가 감당할 수 있는 체력의 총량을 벗어나지 않는다.

역량을 키우고 싶다면 체력부터 키워야 한다. 성공하고 싶다면 체력부터 키워야 한다. 체력이 1번이다. 사람의 역량은 결코 체력을 넘어설 수 없다.

체력이 실력이다

얼마 전 신랑과 설악산을 다녀왔다. 예전 체력을 생각하고 초보자 코스인 비선대를 다녀올 생각이었는데, 막상 비선대를 다녀오니 체력이 남았다. 운동을 한 느낌이 전혀 들지 않았다. 그래서 다시 흔들바위로 향했다. 흔들바위는 중급자 코스다. 비선대보다는 조금 더 힘들긴 했지만, 이것도 나에겐 쉬운 등반이라는 생각이 들었다.

비선대와 흔들바위까지 약 4시간 정도 등반을 마치고 내려오는데 빗방울이 떨어지기 시작했다. 비가 쏟아질까 봐 주차장까지 약 300미터 정도를 달렸다.

설악산 등반을 하고 깨달은 것이 있었다. 내 체력이 매우 좋아졌다는 사실이었다.

등산을 싫어했다. 너무 힘들었다. 힘드니 재미도 없었다. 신랑이 등산을 권해도 가지 않았다. 그런데 설악산 등반 이후 등산이 재밌어졌다. 할만했다. 자연과 교감하는 것도 재밌었다. (다람쥐 한 마리가 따라와서 견과류를 주었더니 맛있게 먹었다. 계곡물에 손을 넣어 상쾌한 느낌도 느꼈다. 정상에서 먹은 짭짤이 토마토 맛도 일품이었다.)

집으로 돌아오는 길에 신랑과 여기저기 산 얘기를 했다. 또 등산이 하고 싶었기 때문이었다. 조금 더 어려운 코스에 도전하고 싶은 마음도 생겼다. 내 체력을 또 시험해 보고 싶었다.

그런데 이런 자신감은 등산에만 영향을 미치는 것이 아니었다. 다음 날 폴댄스 운동을 할 때도 영향을 미쳤다. 자신감이 넘치니 어려운 동작을 자꾸 시도했다. 꼭 성공할 것만 같았다. (실제로 이날은 에어 숄더 브라스몽키를 배웠는데 매우 어려운 동작이었다. 에어숄더는 너무 어려워서 수강생들은 바닥에서 숄더로 진행했고, 강사님만 에어숄더 시범을 보여주셨다. 수강생들은 바닥에서 하는 숄더도 어려워했다. 하지만 나는 무슨 배짱인지 에어숄더를 계속 시도했다. 다른 수강생들이 집으로 돌아가도 나는 끝까지 남아서 시도했다. 결국 에어숄더는 성공하지 못했지만, 유난히도 도전적이었고, 열정적으로 수업을 들었다.)

뿐만 아니었다. '이제 책을 슬슬 써볼까?' 하는 마음도 생겼다.

그전에는 책을 쓴다고 생각하면 자신이 없었다. 체력적으로 불가능하다고 생각했다. 체력이 생기니, 책 쓰기에 도전하기 시작했다. 그리고 지금 이렇게 책을 쓰고 있다.

체력이 생기자 자신감이 생기고, 도전 의식도 생겼다. 삶은 더 활기차졌다. 체력의 중요성은 아무리 강조해도 지나치지 않다. 체력으로 만든 자신감은 열정도 만든다. 나는 체력을 키우지 않았다면 책 쓰기에 도전할 수 없었을 것이다.

체력은 단순히 몸을 움직이는 힘이 아니다. 마음을 움직이는 힘이다. 체력의 크기만큼 꿈도 커진다.

열정을 갖고 싶다면 체력을 키워라.
끈기를 갖고 싶다면 체력을 키워라.
꿈의 크기를 키우고 싶다면 체력을 키워라.
체력이 실력이다. 진짜다.

인생의 난이도가 쉬워지는 법

　　얼마 전 빨래를 개다가 문득 '빨래 개기가 이렇게 쉬운 일이었나?'라는 생각이 들었다. 그동안 나에게 빨래 개기는 쉬운 일이 아니었다. 빨래를 개기 전부터 '저걸 언제 다 개나?' 한숨부터 나왔다. 왜냐하면 빨래를 개는 것에 많은 시간과 에너지가 들었기 때문이었다. (1시간을 넘게 갠 적도 있다.) 빨래를 다 개고 난 후에는 진이 빠져서 개별 방까지 정리하지 못하고 방에 들어가 눕기 바빴다. 그리고 기절하듯 잠을 잤다. 이렇다 보니 빨래 뭉텅이에서 옷을 찾아 입을 때도 종종 있었다. 이상하게도 집 청소보다 빨래를 개는 것이 그렇게 힘이 들었다.

　그랬던 내가 요즘은 다 된 빨래를 보면 '저 정도야 빨리 끝내지.' 이런 생각이 먼저 든다. 그리고 실제로 빠르게 빨래를 개어버린다. 각각의 방으로 갠 빨래까지 완벽하게 정리를 해도 힘들지 않다. 문득 이런 생각이 들었다. '이렇게 아무것도 아니었던 빨래 개기가 그렇게 힘들었다니. 도대체 난 어떤 인생을 산 걸까?' 별것 아닌 것에도 힘들게 살아온 내 인생이 너무나 후회되었다. 모두 체력이 부족했기 때문이다.

　빨래뿐만 아니었다. 설거지할 때도, 집 청소를 할 때도 마찬가지다. 모든 일이 쉬워졌다. 심지어 이렇게 집안일을 다 하고, 글도 쓰고, 강아지와 산책도 하고, 폴도 2~3시간씩 타고 온다. 말도 안 되는 일상이다. 예전 같으면 집안일을 하고 난 후에는 힘들어서 운동을 못 갔다. 폴을 2~3시간 타면 2~3일은 기절하듯 누워 지냈을 것이다. 지금은 아니다. 체력이 되니까 일상의 모든 일들이 쉬워졌다. 그리고 빠르게 처리할 수 있게 되었다. 과거의 2~3일 치 행동량을 하루에 다 하는 느낌이다. 생각할수록 지나간 시간이 아깝다. 건강과 체력을 중요시하지 않았다는 점은 후회가 많이 된다. 만약 10년 전부터 운동을 꾸준하게 했었더라면 지금의 내 모습은 달라져 있었을 것이다. 아쉽다. 하지만 지금도 늦지 않았다. 나는 인생의 절반도 오지 않았다. 알았으니, 지금부터 열심히 하면 된다.

나는 글쓰기보다 운동을 더 우선순위에 두고 있다. 오늘 목표로 한 글쓰기 양을 다 채우지 못했어도 운동할 시간이 되면 운동을 하러 간다. 왜냐하면 하루 이틀 글을 쓸 것이 아니기 때문이다. 글쓰기를 꾸준히 하기 위해서는 체력이 필요하다.(글쓰기뿐만이 아니라고 생각한다.) 결국 글을 쓰기 위해 글쓰기를 멈추고 운동을 한다. 나는 이것이 더 멀리, 더 오래 가는 길임을 안다.

체력이 좋아지니, 화가 나거나 짜증 나는 일도 줄었다. 그전에는 아이들이 옷을 엉망으로 벗어 놓거나 청소할 거리가 보이면 아침부터 짜증이 올라왔다. 체력적으로 힘이 들었기 때문이다. 사춘기 아이들에게 짜증과 잔소리가 섞여 싫은 소리를 했다. 하지만 지금은 달라졌다. 짜증을 전혀 내지 않는다고는 할 수 없으나 확연하게 화가 줄었다. 예전 같으면 화를 냈을 일도 화가 나지 않는다. 오히려 밥을 먹고, '혈당을 잡는다.'고 생각하며 쓱~ 아이들 방을 청소한다. 아니면 내버려둔다. 최대한 잔소리를 하지 않으려 애쓴다. (쉽지 않다.)

똑같은 상황이지만, 몸이 힘들면 스트레스로 받아들인다. 하지만 체력이 되면 긍정적으로 일을 해결해 나간다. 체력은 마음과 정신에도 엄청난 영향을 미친다.

삶의 난이도를 낮추고 싶은가? 체력을 키우자. 생활의 모든 면의 난이도가 쉬워진다. 자신감이 생기고, 긍정적인 마음이 생긴다. 도전 의식도 생긴다. 살면서 일어나는 많은 일들의 대응력이 커져 스트레스도 줄여준다. 체력이 좋으면 삶이 긍정적이고 재밌어진다. 내가 경험해 보고 하는 말이다. 믿어도 된다.

똥차를 람보르기니로 바꾸기

나는 똥차였다. 정말이지 체력이 말도 안 되게 좋지 않았다. 먹는 것도 힘들었다. 소화가 잘되지 않았기 때문이다. 잘 먹지 못하니, 기운이 없었다. 기운이 없으니, 움직이는 것이 힘들었다. 힘이 드니, 더 움직이지 않으려 했다. 최소한으로 꼭 필요한 움직임만 하려 했다. 그것이 에너지를 아끼는 방법이라고 생각했다. (이렇게 매우 어리석었다.) 가지고 있는 에너지가 작으니, 아껴서 써야 한다고 생각했다. 하지만 매우 잘못된 생각이었다.

유방암이라는 큰 병에 걸리고 나서야 정신을 차렸다. 큰 병에 걸렸다는 것은 그동안 내가 잘못 살았다는 증거였다. 하지만 유방암 수술 후에도 정신을 못 차리고 한동안 글쓰기에 몰입했다.

그리고 또 아팠다. 글쓰기도 멈추어졌다. 고장이 잘 나는 똥차는 열정을 불태운다고 하더라도 멀리 못 간다. 똥차는 똥차일 뿐이었다. 똥차를 타면 아무리 애를 써도 안 된다. 다 부질없는 짓이었다.

작년 겨울 또 아팠다. 이번엔 성급하게 다시 글을 쓰려고 하지 않았다. 여행을 다니며 맛있는 것을 먹었다. 졸릴 땐 언제든지 잤다. 그렇게 에너지를 충전했다. 그리고 어깨 치료를 부지런히 받았다. 운동을 하려면 어깨부터 좋아져야 했었다. 어깨에 주사도 맞고, 도수치료와 고주파 치료도 받았다. 그렇게 아주 천천히 어깨가 좋아졌다.

팔을 조금 쓸 수 있게 되자 운동을 시작했다. 필라테스를 3개월 배우다가 갑자기 폴댄스 생각이 나서 폴댄스를 배우기 시작했다. 처음 폴댄스를 시작했을 때는 아기자세(절하듯 엎드리는 자세)도 어깨가 아팠으나, 지금은 전문가반을 듣고 있다. 가끔 내가 폴을 타고 있는 모습을 보면 이렇게도 좋아질 수가 있다는 것에 스스로 매우 놀란다.

엠제이 드마코의 『부의 추월차선』에는 부자가 되는 공식이 나온다. 1번 지도, 2번 차량, 3번 길, 4번 속도다. 여기서 2번 차량은

'나 자신'이다. 1번 지도, 3번 길이 아무리 완벽해도 2번 '나 자신'이 똥차면 4번 속도가 나지 않는다. 내가 자꾸 아팠던 이유는 똥차로 과속하고 있었기 때문이었다. 똥차는 결국 멈춘다. 그리고 폐기 처분된다. 똥차로는 절대 성공할 수 없다.

나는 요즘 먹는 것과 운동에 진심이다. 2년이 넘도록 하루 한 끼 샐러드를 먹고, 18:6 단식을 하고 있다. 폴댄스 운동도 거의 매일 간다. 똥차를 람보르기니로 바꾸는 행동을 하고 있다. 엔진과 연료를 바꾸고 있다. 속도를 내기 위해서다. 성공하기 위해서는 무엇보다 내가 무슨 차인지 아는 것이 중요하다.

돈만 많은 사람은 부자가 아니다. 진정한 부는 3요소가 있어야 한다. 첫 번째가 건강이다. 두 번째가 돈, 세 번째는 관계다. 돈을 번다고 몸을 함부로 대하면 번 돈을 쓰기도 전에 세상을 등질 수 있다. 또는 병으로 삶의 질이 매우 떨어질 수 있다. 결코 행복한 삶이 아니다. 돈은 많지만, 주위에 아무도 없다면 이 또한 너무 외롭다. 진정한 부는 건강과 돈 그리고 사랑하는 사람들과 함께하는 것이다. 나는 이 세 가지를 모두 가지려 하고 있다.

똥차를 람보르기니로 바꾸는 방법을 알려주겠다.

1) 1일 1식 샐러드를 먹는 것이다.(최근엔 조금씩 두 번에 나눠 먹는다.)

기운이 없으면 운동조차 하기 힘들다. 의지가 생기지 않는다. 이때 난 샐러드를 먹기 시작했다. 그리고 에너지가 생기는 것을 느꼈다. 에너지가 생기자, 다음 스텝이 가능했다. 운동이다.

2) 주 4회 이상 근력운동을 한다.

나는 주 4~5회 정도 근력운동을 한다. (폴댄스는 근력운동도 되지만 스트레칭도 된다.) 산책도 40분 정도 주 5회 이상 한다. 최근에는 달리기도 주 2회 정도 하고 있다.

3) 18:6 단식을 한다.

꼭 18:6 단식을 고집할 필요는 없다. 나는 위가 좋지 않아서 잠들기 4시간 전 공복을 시도하다가 단식의 효과를 알고 자연스럽게 시간이 길어졌다. '오토파지(autophagie)'로 항암 효과를 노리며 하는 중이다.

단식은 체중을 줄이는 것에도 효과가 있다. 다이어트를 원한다면 시도해 볼만 하다.

운동을 하면서 강한 엔진으로 바꾸고, 샐러드를 먹으며 좋은 연료를 넣고 있다. 이렇게 새 차를 뽑는 중이다. 이렇게 나는 새로 뽑은 람보르기니로 신나게 달릴 준비를 하고 있다.

속도가 실력이다

한 분야의 베테랑을 보면 한결같이 속도가 빠르다.

〈냉장고를 부탁해〉라는 프로그램이 있다. 연예인들의 냉장고를 스튜디오로 옮겨 냉장고 속 재료만으로 요리사들이 음식을 만드는 대결을 한다. 대결 시간은 약 15분이다. 요리사들은 15분이라는 짧은 시간 안에 맛있는 음식을 만들어 낸다. (심지어 만두피까지 만든다.) 일반인들이 만든다면 많은 시간이 걸릴 음식들을 요리사들은 뚝딱 만들어 낸다. 요리에 숙련이 되었으니 가능한 일이다. 이미 머릿속에 일의 순서가 그려져 있기 때문이다.

요리사들은 빠르고 맛있게 만든다. 손맛이 있다. 손맛이라고 하면 너무 추상적이라고 생각할지 모르겠지만, 손맛은 존재한다. 같은 재료를 사용하더라도 미세한 재료의 양으로 다른 맛이 난다. (예전 문화센터에서 요리를 잠깐 배운 적이 있었는데 그때 체험했었다. 선생님과 수강생들의 재료는 같았지만, 완성된 요리의 맛은 매우 달랐다. 선생님이 얼만큼씩 재료를 넣으라고 알려주었는데도 말이다!) 손맛은 숙련자들만이 가지고 있는 감각이다. 요리를 잘하는 사람은 빠르게 대충 막 넣는 것 같은데, 맛있다. 이것이 기술이다.

글쓰기 또한 다르지 않다. 블로그 글쓰기로 성공한 사람들은 글을 쓰는 속도가 빠르다. 하루에 여러 개의 포스팅이 올라온다. 『부의 통찰』의 저자 부아c는 포스팅 하나를 쓰는 것에 15분 정도 시간이 소요된다는 글을 본 적이 있다. 그때는 이해되지 않았다. 나는 포스팅 하나를 쓰는 것에 1시간 이상 걸렸기 때문이다. 3~4시간도 걸렸던 시절이었다. 15분이라는 시간을 이해할 수 없었다. 하지만 이제는 이해가 된다. 나 또한 글을 쓰는 속도가 빨라졌기 때문이다. 하루에 4~5개의 포스팅을 쓰는 사람들도 이해가 된다. 나도 마음만 먹으면 가능한 일이기 때문이다. 글을 쓰다 보니 생각의 속도가 빨라지고, 키보드를 치는 속도도 빨라졌다. 모든 것은 잘하게 될수록 속도가 붙는다.

이렇듯 속도를 보면 그 사람의 실력을 알 수 있다. 속도는 아무나 낼 수 있는 것이 아니기 때문이다. 새내기 주부가 숙련된 요리사처럼 속도를 낼 수 없다. 이제 글을 막 쓰기 시작한 사람은 1일 1포스팅 하는 것도 힘들다. 하지만 숙련되면 얘기가 달라진다.

속도를 내는 것이 힘들다 하더라도 의도적으로 속도를 내기 위해 노력해야 한다. 왜냐하면 속도는 성공의 법칙이기 때문이다.

보도 섀퍼의 『멘탈의 연금술』은 속도를 만들라고 말한다. 속도는 추진력을 만들어 내며, 추진력은 항상 뜻밖의 결과물을 만들기 때문이다. 보도 섀퍼는 추진력을 확보해 놓으면 평범한 사람들에게는 보이지 않는 방법과 길이 나타난다고 말한다. 추진력이 성공을 만드는 전략인 셈이다. 추진력은 '물체를 밀어 앞으로 내보내는 힘'을 말한다. 또 다른 뜻은 '목표를 향하여 밀고 나아가는 힘'이다. 즉, 목표를 향하여 앞으로 나아가는 힘이 강하면 성공할 수밖에 없다. 추진력은 성공을 만든다.

속도는 성공을 만드는 전략 중 하나다. 성공하고 싶다면 속도를 내야 한다. 가속도가 붙으면 천천히 가는 것보다 더 쉽기 때문이다. 차가 가다 서기를 반복하는 것은 에너지가 더 많이 들어간다. 다시 출발할 때마다 엑셀을 밟아야 하기 때문이다. 하지만 속도를 줄이지 않고 계속 달리는 것은 더 쉽다. 가속도가 붙었기 때문이다. 젊은 나이에 엄청난 부를 쌓은 사람들은 모두 속도의 법칙을 이해했기 때문이다. 부자는 천천히 되는 것이 아니다. 2, 4, 6, 8, 16, 32, 64처럼 배수로 늘거나(『부의 속성』의 저자 김승호 회장님의 말씀이다.) 어느 순간 폭발적으로 는다. (유튜브 〈하와이 대저택〉님의 나온 말씀이다.) 나는 이 말이 무슨 말인지 안다. 나 또한 집을 사기 전 악착같이 돈을 모았을 때와 첫 내 집 장만 후 모인 돈의 크기가 다르다. 후자가 압도적으로 빠르게 늘었다.

속도를 만들어야 한다. 속도가 실력이기 때문이다. 의도적으로 속도를 높이려 애쓰다 보면 더 빠르게 실력이 는다. 빠르게 쌓인 실력은 가속도를 만들고, 추진력을 만든다. 이렇게 만들어진 추진력은 성공을 방해하는 장애물도 빠르게 뚫고 지나가 버린다. 추진력의 힘이다.

시시포스의 형벌을 피해라

얼마 전 중학생 아들이 물었다.

"엄마, 보상은 언제 받아요?"

아들의 말은 이랬다. 지금은 좋은 대학에 가기 위해 열심히 공부하고, 대학에 가서는 좋은 곳에 취직하기 위해 열심히 공부하고, 취직을 해서도 회사를 힘들게 다녀야 하고, 그러면 언제 보상을 받을 수 있냐는 질문이었다.

이렇게 대답했다.

"보상은 지금 받고 있단다."

그렇다. 보상은 목표를 향해 노력하고 있는 지금, 이 순간 받고 있는 것이다. 노력하는 과정 자체가 보상이다. 좋은 결과까지 준다면 감사하겠지만, 좋은 결과가 나오지 않더라도 상관없다. 나는 이미 보상을 받았기 때문이다.

나는 지금 쓰고 있는 책을 베스트셀러로 만드는 것이 목표다. 그러니 좋은 책을 쓰기 위해 최선을 다하고 있다. 하지만 베스트셀러가 되지 않을 수도 있다. 그래도 실망하지 않을 것이다. 왜냐하면 나는 최선을 다했기 때문이다.

최선을 다하는 과정 자체가 즐겁다. 창조적인 아이디어를 위해 새로운 습관들을 만들고 있다. 여행을 갔을 때는 20층까지 매일 계단을 올랐다. 주말은 더 바쁘게 지내고 있다. 아이들의 먹을 것을 차려놓고, 운동을 하고, 커피숍에서 저녁 늦게까지 글을 쓰다가 집으로 돌아온다. 집으로 돌아오면 녹초가 된다. 에너지를 다쓴 느낌이다. 일기를 쓰고 하루를 마무리하며 침대에 누우면 속으로 비명을 지른다. '오늘 너무 멋진 하루였어!' 그리고 내일을 설레어 하며 잠이 든다.

이렇게 책 쓰는 과정 자체가 보상이다. 나는 첫 책을 쓰면서 엄청난 성장을 경험하고 있다. 최선을 다했던 나의 태도는 없어지지 않는다. 이것들은 나의 내공으로 쌓일 것이다. 나는 성공보다 내공의 쌓임이 더 중요하다는 것을 안다.

과정 자체가 보상인 줄 아는 사람은 목표를 향해 달려가는 길이 행복하다. 힘들지 않다는 것이 아니다. 이 힘듦이 나를 성장시키고 있다는 것을 알기 때문에 행복을 느끼는 것이다.

그리스 신화에 나오는 시시포스를 아는가? 시시포스는 제우스의 분노를 사서 무거운 바위를 산 정상으로 밀어 올리는 형벌을 받게 되었다. 산 정상으로 올려진 바위가 아래로 떨어지면 다시 산 정상으로 밀어 올려야 한다. 끝이 없는 형벌이다.

시시포스의 형벌을 받고 있는 사람들이 있다. 행복은 목표를 달성해야지만 얻을 수 있다고 생각하는 사람들이다. 하지만 목표를 달성하면 또 다른 목표가 생긴다. 이렇게 '열심히'만 무한 반복하며 산다.

이런 사람들은 목표를 달성하지 못하면 불행하다. 과정도 행복하지 않았고, 결과도 행복하지 않다. 결국 행복하지 못한 삶을 살게 된다. 정신을 차리고 살지 않으면 우리의 삶도 시시포스의 형벌을 받을 수 있다. 즉, 목표를 이뤄야지만 행복할 수 있다고 생각한다면 끝없는 형벌을 받게 될 것이다.

성공한 사람들은 목표를 향하는 과정에서 오는 힘듦을 즐긴다. 힘듦이 성장을 가져오기 때문이다. 성장이 보상이다. 그러니 매일 보상을 받기 위해 노력한다. 그렇게 목표를 향해 가는 과정을 즐긴다. 그들에게 일은 놀이다. 그렇게 재밌게 인생을 즐기다 보니 성공이 자꾸 따라서 오는 것이다.

목표가 이루어지면 보상을 받는 것이 아니다. 보상은 매일 받고 있는 것이다. 목표를 향해 애쓰고 있는 지금, 성장이라는 보상을 받고 있다. 힘든 일일수록 보상은 더 크다. 나를 더 크게 성장시키기 때문이다.

보상은 매일 받고 있는 것이다. 목표를 향해 애쓰고 있는 지금, 성장이라는 보상을 받고 있다.

보상을 언제 받냐고 묻는 다면 항상 '지금'이다. 나는 오늘도 보상을 받기 위해 노력하고 있다.

열심히 하니까 성공을 못 하지

나는 '열심히'라는 단어를 별로 좋아하지 않는다. '열심히'는 하기 싫은 일을 할 때 쓰는 말이기 때문이다. 회사를 '열심히' 다닌다고 하지만, 나이트클럽을 '열심히' 다닌다고는 하지 않는다. 공부를 '열심히' 한다고 하지만, 게임을 '열심히' 한다고는 하지 않는다. 재밌고 즐거운 일은 열심히 하지 않는다. 재밌어서 하는 것이다. '열심히'는 하기 싫은 일을 억지로 해야 할 때 쓰는 말이다.

'열심히' 하면 원하는 것이 이루어지지 않는다. 하지만 사람들은 '열심히' 살면 보상을 받는다고 생각한다. 아니다. '열심히'는 성공하지 못한 사람의 자위일 뿐이다. '열심히' 사는 사람은 매일 자기 위안만 얻을 뿐이다.

　내 인생에서 큰 성과가 났던 적이 두 번 있었다. 첫 번째는 집에서 옷 장사를 시작했을 때였다. 아이들을 학교에 보내고 나서 3시간 장사를 하고 밥을 먹으면 아이들이 다시 돌아올 시간이 되었다. 아이들이 돌아오면 간식을 챙기고, 학원도 보내고, 숙제도 봐주고 저녁밥도 차렸다. 저녁을 먹인 후 신랑이 퇴근하면 동대문으로 달려갔다. 새벽까지 무거운 옷을 들고 사입했다. 그리고 집으로 돌아와 다림질했다. 3시간 정도 자면 또다시 아이들 학교에 보낼 시간이 되었다. 몇 개월간 이런 생활이 지속되었다.(차후에는 요령이 생겨서 수면시간을 더 확보할 수 있었다.) 이때 나는 장사를 열심히 하지 않았다. 놀았다. 장사가 잘되자 힘든 줄도 몰랐다. 신상품을 들여오는 것도 재밌었고, 어떻게 장사를 더 잘할 수 있을까? 고민하는 것도 재밌었다. 〈입어보는집〉 옷 장사는 나에게 놀이였다.
　내가 장사를 재밌게 하자 손님들 또한 같이 놀았다. 옷을 사며 경험한 재미를 지인들에게 알렸다. 결국 입소문을 타고 장사는 더 잘되었다.

　두 번째 큰 성과를 거두었을 때는 유방암에 걸렸을 때다. 유방암에 걸렸다는 사실을 안 후 블로그에 글을 쓰기 시작했다. 무엇인가 기록을 남기고 싶었다. 블로그를 키우고자 하는 목적은 없었다. 그냥 썼다. 그런데 글쓰기에 푹 빠졌다. 내 생각과 관점 그리고 살아온 이야기를 하는 것이 너무 재밌었다. 암 환자가 미친 듯이 글을 썼다. '환자'라는 이유로 집안일로부터 해방이 되어 하루 종일 글을 쓰며 놀았다. 덕분에 블로그는 5개월 만에 이웃 3천 명이 넘었고, 8개월 만에 6천 명을 넘겼다. 그리고 이렇게 성장한 과정을 전자책으로 만들었다.

이렇듯 성과는 내가 놀고 있을 때 나타났다. 만약 돈을 벌기 위해 옷 장사를 '열심히' 했다면 망했을 것이다. 만약 블로그 글쓰기를 억지로 '열심히' 했다면 글쓰기는 멈추어졌을 것이고, 지금 책을 쓰고 있는 일조차 일어나지 않았을 것이다.

에디슨이 발명을 열심히 했을까? 아니다. 에디슨은 발명을 즐겼을 것이다. 밥을 먹을 때도, 산책할 때도, 잠을 잘 때도 온통 발명에 관한 생각뿐이었을 것이다. 왜냐하면 에디슨에게 발명은 너무 재밌는 놀이였기 때문이다.

『나는 나의 스무 살을 존중한다』의 저자 이하영 작가님은 '열심히'의 늪에 빠지지 말라고 말한다. '열심히'는 지속할 수 없기 때문이다. 의지는 절대 오래갈 수 없다. 성공을 원한다면 '열심히' 하면 안 된다. 일을 즐겨야 한다. 일이 놀이가 되는 경지에 올라야 한다. 이 경지에 오르면 나는 평생 일하지 않고 살 수 있게 된다. 나에게 일이 놀이가 된다면 매일 놀면서 살 수 있다.

나는 놀기 위해 집중과 몰입하려 애쓴다. 몰입은 행복을 만들기 때문이다. 의도적으로 일을 더 재밌게 하려 한다. 이 일을 사랑한다고 최면을 걸기도 한다. 뇌는 잘 속기 때문에 이런 방법들은 효과가 있다.

'열심히'를 뛰어넘어 놀자. 노는 사람이 행복하고, 큰 성과를 만든다. 나는 '열심히' 살기 위해 태어난 것이 아니다. 놀기 위해 태어났다. 이것을 잊으면 안 된다.

나에게 성공이란 무엇인가?

성공하고 싶다면 나에게 성공이란 무엇인지부터 정의해야 한다. 나 또한 불과 6개월 전만 해도 나는 나의 성공이 무엇인지 알지 못했다. 성공을 원했고, 자기계발서도 열심히 읽었다. 책을 읽으며 실행했다. 그리고 많은 성장이 이루어졌다. 하지만 이것이 성공인지 알 수 없었다. 내가 지금 성공하고 있는 것인지도 명확하게 느끼지 못했다. 답답했다.

'돈을 많이 벌면 성공인가?', '그렇다면 얼마나 벌어야 나에겐 성공인가?'라는 질문을 던져 보았다. 하지만 돈을 많이 벌면 좋겠다는 생각은 했지만, 가슴이 뛰지는 않았다. 이상했다. 나는 돈을 좋아한다. 많은 돈을 벌고 싶다. 그런데 내가 100억을 벌었다고 해도 그것이 나의 성공은 아니었다. 다시 질문했다. '나에게 성공이란 무엇인가?', '나는 어떠한 삶을 살기를 원하든가?', '나는 누구인가?' 이런 질문을 했다. 아침에 일어나 잠이 드는 순간까지 생각했다. 그렇게 내가 정의하는 성공이 무엇인지 질문을 던지고, 또 던졌다. 그리고 하나씩 답을 찾아갔다.

나에게 성공이란 돈 이상의 의미가 있었다. 나에게 성공이란 '성공을 하고자 하는 사람들의 성공을 돕는 것.'이다. 누군가의 도움이 된다니, 가슴이 뛰기 시작했다. 이런 생각을 하자 책을 써야겠다는 생각도 했다. 그동안 살면서 깨달은 것들을 전해야겠다고 생각했다. 그리고 나는 지금 타인을 돕기 위한 책을 쓰고 있다.

'어떠한 삶을 살기를 원하는가?'에 대한 답도 찾았다. 나는 '몰입을 즐기며 창조를 만드는 삶'을 원한다. 몰입은 행복 그 자체다. 따라서 행복하게 살기 위해서 몰입해야 한다. 몰입은 폭발적인 성장과 창조도 함께 가지고 온다. 나는 몰입하는 것이 즐겁다. 창조를 만드는 일 또한 즐겁다. 때문에 몰입하며 창조를 만드는 일을 평생 하고 싶다.

일반적으로 생각하는 성공, 즉 '부자가 되고 싶다'라는 목표는 자신이 하고 있는 일에 몰입하며 즐기다 보면 따라오게 된다. 아무도 몰입으로 즐기고 있는 사람을 이길 수 없다.

몰입하며 신나게 놀다 보면 내가 원하는 '행복과 부' 두 가지를 모두 가질 수 있게 된다. 나는 이렇게 사는 삶이 진짜 성공적인 삶이라고 생각한다.

'나는 누구인가?'에 대한 마지막 질문은 현재 진행형이다. 이 질문은 죽기 직전까지 물어야 한다. 질문에는 꼭 답을 얻어야만 하는 것이 아니다. 질문한다는 것 자체만으로도 힘이 있기 때문이다.

'나는 누구인가?'라는 질문은 주체성을 가지게 만든다. 내 삶의 주인으로 살겠다는 의지다. 따라서 살아있는 동안 끊임없이 던져야 할 질문이다.

'나에게 성공이란 무엇인가?', '나는 어떤 삶을 살기를 원하는가?', '나는 누구인가?' 꼭 질문을 던져 보기 바란다. 그래야 가장 나답게, 내가 원하는 성공적인 모습으로 삶을 살 수 있다.

뇌의 알고리즘 RSA

'마음이 무엇을 품고 무엇을 믿든 몸이 그것을 현실로 이룬다.'

- 나폴레온 힐

우리 몸에는 기막힌 소원 성취 시스템이 있다. 다시 말하겠다. 우리 몸에는 소원을 이루어주는 시스템이 있다. 바로 뇌의 알고리즘인 망상활성계(Reticular Activating System)로, RAS다. 앨런 피즈, 바바라 피즈의 『결국 해내는 사람들의 원칙』에 자세히 설명이 나와 있다.

'RAS는 우리의 의식과 잠재의식 사이의 필터(특정 정보 차단 프로그램)이면서 의식에서 받은 명령을 잠재의식으로 전달하는 관문이

다. 뇌는 RAS가 보여 주는 이미지에 부합하는 신체적 행동을 취할 것을 몸에게 명령한다.'

　명품 가방을 처음 샀을 때의 일이다. 비싼 가방을 사려고 하니 엄두가 안 났다. 어떤 가방을 사야 후회를 안 할지 고민되었기 때문이다. 명품 가방 공부를 했다. 브랜드를 알고, 브랜드별 가격대를 검색했다. 그리고 유행을 타지 않으면서 오랫동안 들고 다닐 가방을 찾으려 노력했다. 그런데 재밌는 일이 발생했다. 밖을 나가면 명품 가방만 눈에 들어왔다. 가방을 볼 때마다 어떤 브랜드인지, 얼마짜리인지 생각했다. 앞에 가는 여성 두 분이 고가의 명품 가방을 메고 가는 것이 보였다. 천만 원 이상 되는 가방들이었다. 신랑에게 귓속말로 '앞에 두 분 가방 합치면 차 한 대 값이야.'라고 조용히 말했더니 신랑이 매우 놀랐던 기억이 있다.
　명품 가방을 사야겠다는 생각이 없었을 때는 명품 브랜드를 몰랐다. 가방 자체에 관심도 없었다. 아무리 돌아다녀도 명품 가방은 눈에 들어오지 않았다. 하지만 명품 가방을 사야겠다는 생각이 든 순간부터 명품 가방만 눈에 들어왔다. 이것이 RAS가 열심히 일하고 있다는 증거다. RAS는 내가 관심을 가지는 것만 보여준다.

　『돈의 속성』의 저자 김승호 회장님은 원하는 것을 하루에 100

번, 100일간 쓰면 반드시 이루어진다고 말한다. 본인은 이런 방법을 5번 시도했고, 5번 모두 이루어졌다는 이야기를 들었다. 나 역시 처음에는 '에이~ 말이 되나?'라는 생각을 가졌었다. 하지만 이런 행동이 과학적으로 옳다는 책들이 나오고 있다. RAS에 관한 연구 때문이다.

목적지를 정하면 뇌가 그곳까지 가는 길을 보여주고 행동을 만든다. 즉, RAS는 뇌의 GPS 같은 역할을 한다. 그래서 성공한 많은 사람들은 뇌의 RAS를 작동시키기 위해 목표를 쓰고, 읽고, 비전보드를 만든다. 『웰씽킹』의 저자 켈리 최 회장님 또한 이 방법을 쓴다고 말했다.

나폴레온 힐의 『생각하라 그리고 부자가 되어라』의 저서에도 같은 이야기가 나온다.

'그렇다면 아이디어나 계획 혹은 씨앗을 어떻게 마음에 심을 수 있을까? 생각을 반복하면 된다. 어떤 아이디어든, 계획이든, 목적이든 상관없다. 그래서 확실하고 중요한 목표를 글로 쓰고, 기억으로 기록하고, 그것이 잠재의식에 울려 퍼질 때까지 매일 같이 큰소리로 반복해 읽으라고 한 것이다.'

2년 전 블로그에 썼던 글을 보았다. 글 마지막에 이렇게 쓰여 있었다. '매일 상상을 합니다. .... 유튜브를 시작하는 상상도 합니다. 종이책을 출간하는 상상과 제 블로그 이웃 수가 1만이 넘어가는 상상도 합니다. 가장 간절한 상상은 어깨가 좋아져서 운동을 다시 시작하는 것입니다.' 이 상상들은 지금 이루어졌거나 이루어지고 있다. 나는 유튜브를 시작했고, 지금은 종이책을 쓰고 있으며, 블로그 이웃 수도 8천 명이 넘었다. 무엇보다 놀라운 것은 지금 내가 폴댄스를 배우고 있다는 점이다. 폴댄스는 근력도 필요하지만, 어깨의 유연성이 매우 많이 필요한 운동이다. 오랫동안 나를 괴롭혔던 어깨 통증은 이제 없다.

2년 전, 상상했을 때는 목표를 매일 글로 쓰고 읽지 않았다. 이루어지는 날짜도 정하지 않았다. 그래도 이 정도 효과를 보았다. 이제는 더 확실한 뇌의 알고리즘 사용법을 알았다. 목표를 매일 아침, 저녁으로 쓰고 읽는 것이다.

나는 아침, 저녁으로 일기를 쓴다. 아침에 일어나 일기를 쓸 때 목표도 쓰고 읽는다. 저녁 일기를 쓸 때도 목표를 쓰고 읽는다. 하루에 100번은 아니지만 2번은 하고 있다. 쓰면서 읽다 보면 아이디어가 불쑥 튀어나올 때가 있다. 내가 어떤 행동을 해야 하는지도 알게 될 때도 있다. 이런 일이 일어나는 이유는 RAS 때문이다.

RAS는 내가 중요하게 생각하는 것들에 집중하게 만든다. 목표를 쓰고 읽는 행위는 단순한 반복이 아니라 뇌를 특정 방향으로 조율하는 것이다. 이 과정에서 내 무의식은 관련된 정보와 기회를 더 잘 찾아낸다.

지금 당장 단 하나의 목표를 적어보자. 그리고 소리 내어 읽어보자. 이렇게 행동하는 것만으로도 당신의 RAS는 작동을 시작한다. 지금 적은 목표가 미래의 나를 부른다.

'WHY'를 찾아라

'믿기지 않겠지만 인간이 지닌 최고의 탁월함은 자기 자신과 타인에게 질문하는 능력이다.'

– 소크라테스

진정 가치 있는 인생을 살기 위해서 반드시 해야 하는 질문이 있다. '나는 왜 이 일을 하는가?'다. 'WHY'를 아는 사람은 명확한 목적이 있다. 그리고 목적을 이루기 위한 목표를 세운다. 'WHY'를 아는 사람은 목적을 이루기 위해 최선을 다한다. 아무리 힘든 일이 생겨도 이겨낸다. 내가 이 일을 왜 해야 하는지 명확하게 알기 때문이다.

반면에 'WHY'를 모르는 사람은 목적이 없다. 뚜렷한 목표도 없다. 목표를 세웠다 한들 곧 무너진다. 왜냐하면 힘든 일이 생겼을 때 포기하기 때문이다. 'WHY'를 모르는 사람은 힘든 일을 이겨낼 수 없다. 영혼도 없다. 열정도 없다.

'WHY'를 아는 사람은 원대한 목표를 세우고 몰입한다. 일이 재밌다. 그러니 탁월한 성과는 따라서 온다.

'WHY'를 모르는 사람은 일을 억지로 한다. 재미도 없고 일이 지겹다. 탁월한 성과와는 거리가 멀다. 큰 성장이 불가능하다.

'왜 그 일을 하는가?

그 일을 통해 당신은 무엇이 되길 꿈꾸는가? 끌려다녀서는 아무것도 제대로 할 수 없다.

일도, 그리고 인생도.'

-『왜 일하는가』 이나모리 가즈오

끌려다니는 인생을 살지 않기 위해 우리는 'WHY'라는 질문을 습관적으로 던져야 한다.

생의 목적을 찾기 위해 'WHY'가 필요하기도 하지만, 나는 일상에서도 'WHY'를 자주 이용한다. 책은 왜 읽어야 할까? 많은 사람들이 막연하게 '읽으면 좋겠지'라는 생각으로 읽는다. 그리고 책을 덮고 나면 남는 것이 없다.

나는 문제를 해결하기 위해 책을 읽는다. 육아를 했을 땐 육아서를 읽었고, 장사를 했을 땐 마케팅 책을 읽었다. 글을 잘 쓰고 싶었을 땐 글쓰기에 관련된 책을 읽었고, 건강의 중요성을 안 지금은 건강에 관련된 책을 읽는다. 지금 읽고 있는 책에서 내가 얻을 수 있는 것은 무엇인가? 무엇을 내 것으로 만들어 실행할 수 있을까?'를 생각하며 읽는다. 이렇게 읽으면 책이 너무 재밌다. 나에게 써먹을 수 있기 때문이다. 처음부터 끝까지 다 읽지 않는 책도 있다. 문제 해결을 위한 부분만 읽기도 하고, 실행해야 할 것이 너무 많다면 끊어서 실행한 다음 다시 읽기도 한다. 나의 독서는 '깨달음과 실행'이다.

나는 매일 글을 쓴다. '나는 왜 글을 써야 할까?' 첫 번째, 즐겁다. 글을 쓰는 행위 자체가 즐겁다. (암 환자가 글쓰기로 몰입을 경험하며 행복해했다.) 두 번째, 글쓰기는 최고의 학습 방법이다. 눈으로만 읽는 독서와 글을 쓰며 아웃풋하는 독서는 학습에 엄청난 차이가 있다. 쓰는 독서가 뇌에 더 많이 오랫동안 남는다. 세 번째, 글을 쓰는 사람은 세상을 보는 눈이 다르다. 똑같은 상황을 두고 더 깊게 또는 다르게 볼 줄 알게 된다. 작가만의 관점을 갖게 되는 것이다. 덕분에 별것 아닌 일상에서도 새로움을 찾는다. 이것은 철학자의 시선이다. AI에겐 이런 시선은 없다. 네 번째, 몰입을 만들기 위해서다. 나는 글을 쓸 때 가장 몰입이 잘된다. 그러니 즐겁다. 몰입의 즐거움을 아는 나로서는 글을 쓰지 않을 이유가 없다.

'우리 아이는 인공지능 시대에 공부는 왜 해야 하나?' 이런 질문도 한다. 오늘 아침 중학생 아들에게도 질문을 던졌다. '너는 왜 공부해야 하는 것 같니?' 가끔 질문을 던진다. 내가 왜 공부해야 하는지 알아야지만 힘든 공부를 하는 것에 최선을 다할 수 있기 때문이다.

'나는 왜 살아야 하는가?'라는 질문을 던진 적도 있다. 약간 위험한 질문이다. 사는 것에는 이유가 없다. 태어났으니 사는 것이다. 그럼에도 불구하고 내가 살아야 하는 이유도 생각해 보았다.

나는 세상의 창조에 기여하기 위해 산다. 내가 살아있음으로써 존재 자체만으로도 세상의 다양성에 일조하고, 내가 하는 행동이 세상의 창조에 먼지만큼이라도 이바지하기 위해 산다. 창조에 기여한다는 것이 대단한 일은 아니다. 지금처럼 나만의 이야기로 책을 쓰는 것도 창조에 기여하는 일이다. 나의 삶이 나답게 흘러가며 세상에 흔적을 남기기를 원한다. 나의 말, 나의 글, 나의 침묵

조차도 창조의 일부가 될 수 있다고 생각한다. 그렇게 나는 세상의 창조에 기여하기 위해 산다.

'WHY'는 포기하지 않게 만든다. 이유 없는 노력은 금세 지치고 무너진다. 하지만 분명한 이유가 있으면 고통조차 견딜만한 의미로 변한다.

'WHY'는 나를 돌아보게 하고 방향을 수정하게 한다. 내가 지금 가고 있는 길이 맞는지 때때로 확인해야 한다. 그래야 먼 곳까지 가서 되돌아오는 일을 막을 수 있다.

'WHY'를 질문하는 사람은 세상을 자신만의 의미로 살아간다. 끌려다니는 삶이 아닌, 나만의 삶을 살아간다.

우리는 나만의 삶을 살기 위해 'WHY'를 습관적으로 물어야 한다.

탁월한 인생을 만드는 법

내가 이 일을 왜(WHY) 해야 하는지 알게 되었다면 그다음은 어떻게(HOW)를 찾아야 한다. 뚜렷한 목적이 생겼다면 그 목적을 이루기 위한 목표를 세우는 것이다. 예를 들어, '나는 성공하고자 하는 사람들을 도와야 한다.'라는 목적이 생겼다면 그다음은 어떻게 도울 것인가를 생각하게 된다. 내가 찾은 방법은 '책 쓰기'였다. 경험을 통해 알게 된 모든 것들을 책으로 전하는 것이다. 그렇게 책 쓰기는 나의 목표가 되었다.

목표는 하위 목표로 계속 연결이 된다. '책을 쓰기 위해 어떻게 해야 하는가?'라는 질문을 또 던진다. '매일 글을 써야 한다.'라는 답이 나왔다. '어떻게 매일 글을 쓸 것인가?'라는 질문을 또 던진다. 나의 문제는 체력이었다. 그렇다면 '어떻게 체력을 키울 것인가?' 또 질문을 던진다. '건강한 음식을 먹고, 운동을 한다.'가 답이다. 결국 나는 책을 쓰기 위해 건강한 음식을 먹고, 운동을 꾸준히 하고 있다. '어떻게'를 파고들다 보면 근본 원인을 찾아 문제를 해결할 수 있다. 하지만 많은 사람들은 글을 매일 쓰겠다고 생각만 한다. 그리고 그 의지는 곧 꺾인다. 어떻게 성공을 만들 수 있을지 생각하지 않았기 때문이다.

옷 장사를 했을 때 왜(WHY)와 어떻게(HOW)를 끊임없이 질문했었다. '왜 옷 가게를 하는가?'라는 질문을 던졌고, '온라인 쇼핑몰과 로드숍의 입어볼 수 없다는 단점과 백화점의 비싼 가격이라는 문제점을 내가 해결해 줄 수 있다.'고 생각했다. 그렇다면 이젠 어떻게가 남았다. '노출이 되지 않는 집에서 어떻게 노출을 만들 것인가?'라는 질문을 던졌다. 답은 입소문이었다. '입소문을 내려면 어떻게 해야 하는가?' 또 질문을 던졌다. '차별화된 서비스를 제공해야겠다.'라고 생각했다. '차별화된 서비스는 어떤 것인가?'라는 질문에 '1) 고객의 특징을 기억해서 맞춤 서비스를 한다. 2) 재미를 판다.' 등 답이 나왔다. 그렇다면 '어떤 재미를 만들 것인가?' 또 질문했다. '1) 계절이 바뀌는 오픈 때마다 새로운 아이템을 추가한다. 2) 상품 회전율을 빠르게 만들어 많은 신상품을 소개한다.' 이런 식이었다. 이렇게 왜(WHY)와 어떻게(HOW) 덕분에 옷 가게는 날로 번창했다.

왜(WHY)와 어떻게(HOW)를 가지고 놀면 인생의 많은 문제점을 해결할 수 있을 뿐만 아니라 타인의 문제점까지 해결하게 된다. 그러면 돈이 따라붙는 것은 시간문제다.

왜(WHY)는 문제의 본질을 꿰뚫는 질문이다. 어떻게(HOW)는 해답을 찾는 것이다. 인생은 늘 문제가 일어난다. 또 그것을 해결해야 하는 것이 삶이다. 이렇게 질문력과 문제해결력이 높아지면 탁월한 인생을 살 수밖에 없다. 탁월한 인생은 왜(WHY)와 어떻게(HOW)가 만든다.

어떻게를 묻는 순간 길이 열린다. 탁월한 해답은 반복된 어떻게에서 나온다. 작은 어떻게가 모여 큰 변화를 만든다. 어떻게는 지혜와 창의적인 아이디어를 끌어낸다. 사람은 어떻게를 묻는 만큼 성장한다.

어떻게는 문제를 해결하는 창조의 언어다.
어떻게는 불가능을 가능으로 바꾸는 마법이다.

어떻게는 한계를 넘어서는 사다리다.

어떻게는 결국 나를 변화시키는 질문이다.

왜(WHY)와 어떻게(HOW)는 인생 게임에서 성공을 만드는 최고의 아이템이다. 바로 장착하기를 바란다.

핵심은 정체성이다

　　지금 나의 정체성은 베스트셀러 작가다. 나의 정체성을 작가가 아닌, '베스트셀러 작가'로 정했다. '처음 책을 쓰는데 베스트셀러 작가가 될 수 있나?'라고 생각할 수 있지만, 내가 먼저 생각하지 않으면 나는 절대 베스트셀러 작가가 될 수 없다. (앞에 RAS를 믿어라. 목표를 정하면 뇌의 알고리즘이 내가 원하는 곳까지 가는 방향을 알려준다.)

　　베스트셀러 작가로 정체성이 바뀌자, 어떻게 하면 더 좋은 글을 쓸 수 있을까? 고민하게 되었다. 일단 글쓰기는 창의적인 작업이기 때문에 창의력을 키우기로 했다. 창의력을 키우기 위해 2가지 습관을 만들었다. 첫 번째가 왼손 양치다. (쓰지 않던 근육을 쓰면 뇌는 자극을 받는다. 낯섦은 창의력을 키우는 것에 도움이 된다.) 두 번째는 찬물 샤워다. 찬물 샤워는 '디폴트 모드 네트워크(default mode network)'가 가능해진다. '디폴트 모드 네크워크(default mode network)'란 자아 성찰, 자전적 기억, 감정의 처리 과정, 창의성을 지원하는 두뇌 회로다. '디폴트 모드 네트워크(default mode network)'는 아무 생각 없이 한가로이 있을 때 활성화된다.

8개월 전만 해도 나의 정체성은 우습겠지만 폴댄서였다. 폴댄스가 너무 재밌었다. 그래서 매일 폴댄스 유튜브를 봤다. '어떻게 하면 폴을 더 잘 탈 수 있을까?'를 고민했다. 덕분에 실력은 매우 빠르게 늘었다. 하지만 정체성이 글을 쓰는 사람으로 바뀌자 그렇게 좋아했던 폴댄스 운동도 관심이 조금 떨어졌다. 운동을 하는 시간도 줄었다. 나의 정체성이 폴댄서가 아닌, 베스트 셀러 작가가 되었기 때문이다. 정체성이 바뀌면 행동이 바뀐다. 정체성은 자신이 가장 전념하는 모습이기 때문이다.

정체성의 바탕에는 비전이 있다. 따라서 전념하는 비전이 달라지면 정체성은 변한다. 그리고 생각과 행동도 변한다. 그러니 내가 원하는 사람이 되기 위해서는 정체성부터 바꿔야 한다.

그렇다면 정체성은 어떻게 바꿀 수 있을까? '정체성'이라는 말은 '실재하다'라는 의미의 라틴어 'essentitas'와 '반복적으로'를 뜻하는 'identidem'에서 파생되었다. 즉, '정체성'이란 '반복된 실재'를 의미한다. 그러므로 행동을 반복하면 정체성이 생기는 것이다.

즉, 작가가 되고 싶다면 '글쓰기'를 반복하며, '글을 쓰는 사람'이라는 정체성을 만들면 된다. 헬스 트레이너가 목표라면 매일 헬스를 하면 된다. 그렇게 '운동하는 사람'이라는 정체성을 만드는 것이다. 이렇게 원하는 것이 있다면 반복해서 습관으로 만들고, 습관이 정체성을 만들게끔 해야 한다.

『아주 작은 습관의 힘』의 저자 제임스 클리어는 사람을 움직이는 가장 큰 비밀은 정체성이라고 말했다. 정체성이 변해야 생각과 행동이 변하고, 생각과 행동이 변해야 원하는 결과가 생기기 때문이다. 그는 결과에 초점을 맞출 것이 아니라 정체성에 초점을 맞춰야 한다고 말한다.

목표가 아닌 정체성 변화가 먼저다. '마라톤 풀코스 달리기'는 정체성이 될 수 없다. 매일 달리기하며 '나는 달리는 사람'이 되어야 한다. '책 쓰기'는 정체성이 될 수 없다. '나는 매일 글을 쓰는 사람'이 되어야 한다. 정체성을 만드는 좋은 습관을 가져야 한다. 결국 성공은 원하는 정체성을 가진 사람이 되는 일이다. 원하는 정체성을 가진 사람이 되려면 정체성에 맞는 좋은 습관을 가져야 한다. 습관은 정체성을 강화한다.

무엇을 이루고 싶은지보다, 어떤 사람이 되고 싶은지부터 정해야 한다. 그리고 그 사람의 모습으로 오늘을 살아가야 한다. 내가 되고 싶은 사람의 모습으로 오늘을 살아간다면 나는 그런 사람이 될 수밖에 없다.

성장의 끝판왕 '몰입'

정체성을 바꾸고 원하는 목표가 세워졌다면 몰입하라. 몰입은 폭발적인 성장을 만든다.

암 수술을 받은 후 글쓰기로 몰입을 경험했을 때다. 치료를 받던 어느 날 아침, 이불에 피가 묻어 있었다. 살펴보니 압박으로 감은 천과 옷이 피로 물들어 있었다. 너무 놀라서 신랑을 깨워 응급실로 향했다. 응급실로 향하며 수술이 잘못된 것은 아닌지 매우 걱정되었다. 하지만 우려했던 일은 일어나지 않았고, 간단히 지혈하고 일은 마무리되었다. 하지만 긴장해서인지, 피를 많이 흘려서인지 알 수 없었지만, 이틀을 앓아누웠다. 그런데 이틀 후 아침 일찍 일어나 다시 책을 펼쳤다. 아이들과 신랑도 아직 일어나기 전

새벽이었다. 책상에는 읽고 있는 책이 여러 권이 쌓여 있었다. 그렇게 새벽에 앉아서 책을 읽다가 갑자기 '내가 왜 이러고 있나?'라는 생각이 들었다. 꼭 중요한 시험을 앞둔 사람 같았기 때문이었다. 나는 환자였다. 먹고, 놀고 빈둥거려도 뭐라고 할 사람도 없었다. 아니, 다들 푹 쉬기를 바랐다. 하지만 나는 새벽에 일어나 책 읽기와 글쓰기에 몰입하고 있었다.

집안의 분위기는 우울했다. 친정엄마는 밥을 해주기 위해 매일 집에 찾아오셨다. 고등학교 친구들도 나를 위해 매일 기도했다. 하지만 모두의 걱정과는 다르게 나는 매우 행복한 상태였다. 몰입하고 있었기 때문이다.

이때 나는 몰입의 힘을 처음으로 느꼈다. 블로그의 이웃 수도 빠르게 늘었지만, 글쓰기 실력도 빠르게 늘고 있었다. 독서는 쓰기 위해 읽어야 한다는 것도 이때 알았다. 글을 쓰기 시작하자 평범했던 일상이 다르게 보이기도 했다. 내게 일어나는 일들을 여러 가지 관점을 가지고 해석하며 놀았다. 글을 쓰며 암이 나에게 찾아온 이유도 찾았다. 나에게 일어나는 모든 일은 내가 생각하는 프레임으로 결정이 난다는 것도 이때 깨달았다. 이렇게 암에 걸려 글쓰기에 몰입하며 엄청난 내면적 성장을 하고 있었다.

이때의 경험으로 알게 된 것이 있다. 몰입은 폭발적인 성장을 만들며, 그 성장 때문에 행복한 상태가 된다는 것이다. 즉, 몰입은 행복하게 폭발적인 성장을 만드는 최고의 기술이다.

부자가 되면 행복할까? 아니다. 행복한 사람이 부자가 된다. 세계적인 심리학자 미하이 칙센트미하이는, 진정한 행복은 우리가 일반적으로 생각하는 것처럼 '휴식과 여유를 즐길 때 찾아오지 않는다'라고 말했다. 오히려 어렵고 가치 있는 일을 이루기 위해 육체와 정신을 한계 끝까지 밀어붙일 때 찾아온다고 했다.

부자들은 어렵고 가치 있는 일을 위해 자신을 한계까지 밀어붙여 성공을 만든 사람들이다. 그들은 열심히 힘들게 산 것이 아니다. 다만 몰입했을 뿐이다. 행복하게 몰입했을 뿐인데, 커다란 성과가 따라서 온 것이다.

행복한 사람이 부자가 된다. 행복하고 싶다면 몰입해야 한다. 몰입 자체가 행복이기 때문이다. 그래서 나는 내 인생에서 몰입을 추구한다. 행복하게 살기 위해서다.

나는 '몰입하며 창조를 만드는 사람'이라는 정체성을 가지고 있다. 몰입으로 나의 잠재력을 꺼내고 싶기 때문이다. 지금 이 책을 쓰는 이유도 몰입으로 창조를 만들며 나의 잠재력을 꺼내기 위해서다.

성공하고 싶다면 몰입하라. 폭발적인 성장을 원한다면 몰입하라. 행복하게 나의 잠재력을 모두 꺼내고 싶다면 몰입하라. 몰입은 이 모든 것을 가능하게 해준다.

몰입도 습관이다

　　미하이 칙센트미하이는 『몰입의 즐거움』에서 '명확한 목표가 주어져 있고, 활동 효과를 곧바로 확인 할 수 있으며, 과제 난이도와 실력이 알맞게 균형을 이루고 있다면 사람은 어떤 활동에서도 몰입을 맛보면서 삶의 질을 끌어올릴 수 있다.'라고 말했다.

　황농문의 『몰입』에서는 어려운 난이도에 대한 몰입이 나온다. 어려운 문제를 풀기 위해 몇 날 며칠을 끙끙댄다면 몸은 문제 해결하는 과정을 위기 상황으로 받아들여 문제를 해결하는 데 온 힘을 쏟게 된다고 말한다. 이러한 상태는 일상의 다른 몰입과는 달리, 조금만 노력해도 내가 원하는 만큼 오랫동안 유지하는 것도 가능하며, 이러한 노력이 몇 개월 이상 지속되면 상상도 할 수 없는 어려운 문제를 해결할 수 있게 된다고 말했다.

내가 느끼는 몰입은 습관적 몰입이다. 예를 들면, 최근에 나는 또 몰입을 경험했다. 베스트셀러 작가라는 정체성을 만든 이후다. 베스트셀러 작가가 되기 위해서는 책을 많이 팔아야 한다. '어떻게 팔 것인가?'를 고민했다. 첫 번째는 책을 잘 써야 한다. 이건 너무 당연한 이야기다. 하지만 잘 쓰인 책이라고 하더라도 마케팅이 되지 않으면 베스트셀러가 되기 힘들다. 나는 첫 책을 쓰고 있고, 출판사에서는 처음 책을 쓰는 나에게 마케팅비를 쏟아부을 수는 없다. 리스크가 너무 크기 때문이다. 그렇다면 어떻게 해야 하는가? 결국 판매는 저자인 나의 능력에 달려 있었다. '베스트셀러 작가'가 되겠다는 말은 '내가 책을 많이 팔겠다.'와 같은 말이었다.

'어떻게 책을 팔 것인가?'에 대한 생각을 하루 종일 했다. 아니, 몇 날 며칠을 했다. 심지어 글도 써지지 않았다. 판매에 관한 생각이 온통 머릿속을 가득 채웠기 때문이다. 그리고 재밌는 아이디어들이 쏟아져 나왔다. 예를 들면, 이런 것이다. 유튜브를 시작해야겠다고 생각했다. 옷 가게들을 인터뷰하는 것도 상상했다. 옷 가게도 소개하고, 가장 잘 팔리는 옷도 소개한다. 혹은 매우 저렴하게 판매를 유도할 수도 있다. 불경기에 옷 가게 사장님은 홍보할 수 있어서 좋고, 나는 내 책을 홍보할 수 있으니, 좋은 아이디어라고 생각했다.

내 책에는 성공적으로 옷을 팔았던 경험이 들어가 있다. 옷을 판매하는 사장님들에게 도움이 될 수 있다. 책을 협찬해 드리고 옷 가게에 진열하도록 권유하는 아이디어도 떠올랐다. 이렇게 된다면 옷 가게 찾아오는 손님들에게 책이 노출된다. 옷 가게에 책 진열이라니, 너무 재밌는 상상 아닌가!

동네 아는 사장님마다 다 찾아다니는 것은 어떨까? 미용실도 생각나고, 꽃가게 사장님도 생각났다. 동네는 입소문이 빠르다. 〈입어보는집〉 사장이 이번에 책을 냈다는 사실은 아마 빠르게 입소문이 날 것이다.

이렇듯 재밌는 상상이 꼬리를 물었다. 몇 날 며칠 글이 잘 써지지 않을 정도로 판매에 관한 생각으로 몰입에 빠져있었다. 하지만 이번에는 강제적으로 몰입에서 빠져나왔다. 무엇보다 좋은 책을 쓰는 것이 먼저였기 때문이다.

최근 몰입을 경험하면서 들었던 생각이 있다. '이젠 습관적으로 몰입이 되나?'였다. 중요한 어떤 것을 생각하게 되면 쉽게 몰입에 빠진다. 내가 의도하지 않았는데 몰입에 빠지게 되는 것이다. 하지만 이런 상태가 나는 좋다. 몰입에 빠지는 것 자체가 즐겁기 때문이다.

미하이 칙센트미하이의 방법으로 몰입을 만들어도 좋다. 황농문 작가님의 방법으로 몰입을 만들어도 좋다. 어떠한 식으로든 자주 몰입에 빠지게 되면 몰입이 습관처럼 된다. 습관처럼 된 몰입은 탁월한 성과를 만들기 마련이다. 내가 추구하는 삶이며, 최고의 경지다.

수명을 늘리는 기막힌 방법

'인간에게 정말로 필요한 것은 아무런 긴장 없는 삶을 살아가는 게 아니라 자신의 의지로 선택한 가치 있는 목표를 이루기 위해 고군분투하는 것이다. 어떻게든 긴장을 없애는 게 필요한 것이 아니다. 인간에게는 자신이 이루어낼 의미 있는 사명이 필요하다.'

– 빅터 프랭클

나에게 목표는 몰입을 만들기 위한 도구일 뿐이다. 따라서 목표를 달성하면 좋겠지만, 목표를 이루지 못했더라도 상관없다. 목표를 향하는 과정에서 이미 몰입이라는 선물을 받았기 때문이다.

경제적 자유를 이룬 엄청난 부자들도 끊임없이 성장을 갈구한다. 더 큰 목표를 추구한다. 편히 쉬어도 될 텐데, 왜 자꾸 힘든 일을 자처하는 것일까? 이유는 간단하다. 목표가 사라졌을 때 시시포스의 형벌이 시작된다는 것을 알기 때문이다. 목표가 사라지면 무기력해지기 마련이다. 성장이 사라지면 그 자리엔 우울과 불안이 채우게 된다.

빅터 프랭클의 『의사와 정신』은 인간이 행복하고 건강하게 살려면 반드시 미래에 성취하고자 하는 목적이 있어야 한다는 연구 결과를 제시했다.

빅터 프랭클은 아우슈비츠 강제 수용소에 끌려갔다. 수용소에 있는 동안 『의사와 정신』 원고가 나치에게 발각되어 파기되었다. 『의사와 정신』은 프랭클의 목숨 같은 원고였다. 프랭클은 파기된 『의사와 정신』을 다시 쓰겠다고 굳게 다짐했다. 그리고 프랭클은 자신이 강제 수용소에서 모진 고초를 겪으면서 살아남았던 이유를 이 다짐 때문이었다고 말한다.

프랭클은 강제 수용소에서의 경험을 책으로 썼다. 그 책이 바로 『죽음의 수용소에서』다. 책에는 '살아야 할 이유가 있는 사람은 모든 어려움을 어떻게 해서든 견뎌낸다.'라는 내용을 담고 있다.

앨런 피즈, 바바라 피즈의 『결국 해내는 사람들의 원칙』에도 목표의식과 기대수명과의 상관관계에 대해 나온다.

'캐나다 칼튼 대학교의 패트릭 힐과 니콜라스 투리아노 교수는 MIDUS(미국 중년층 연구)에 등록된 사람들 중 6천 명의 데이터를 분석했다. 표본집단에 대한 추적 조사기간은 평균 14년이었다. 연구자들은 조사 대상자들의 인생 목표와 목표의식에 초점을 맞췄다. 추적 조사기간 동안 대상자 중 569명이 사망했다. 힐과 투리아노 분석 결과, 사망자들은 생존해 있는 사람들에 비해 목표가 없거나 적었고, 목표의식이 낮았다. 전반적으로 인생의 목표를 가진 사람이 그렇지 않은 사람보다 오래 사는 효과가 있었다. … 명확하게 정의된 목표는 기대수명을 연장하고 건강을 증진시킨다.'

이 연구 결과에서 우리는 목표의식이 수명과 관련이 있음을 알 수 있다. 즉, 목표의식이 뚜렷한 사람이 오래 산다. 그럴 수밖에 없다. 목표의식이 뚜렷한 사람이 더 행복하기 때문이다.

7~8개월 전, 나는 뚜렷한 목표가 없었다. 건강을 챙기기 위해 약간의 노력만 했을 뿐이다. 신랑과 여행을 다니며 맛있는 것을 먹었다. 책을 읽고 싶을 땐 읽고, 잠을 자고 싶을 땐 자고, 먹고 싶

을 땐 먹었다. 그렇게 남들이 봤을 땐 매우 편안한 삶을 살고 있었다. 하지만 나는 노는 것이 그렇게 즐겁지 않았다. 블로그에 글쓰기를 중단하자, 삶을 새롭게 보는 시각도 사라졌다. 호기심도 사라지고, 열정도 사라졌다. 무언가 하고자 하는 일이 없다는 것은 사람을 매우 무료하게 만들었다. 그렇게 폭삭 늙고 있었다.

지금은 그때와 반대인 상황이다. 목표를 명확히 하고, 매일 목표를 생각하며 삶을 디자인하고 있다. 목표가 생기자, 책을 읽는 속도와 방법도 달라졌다. 정해진 시간에 잠을 자고, 먹어야 할 음식을 먹고 있다. 운동도 더욱 열심히 한다.

얼마 전 혼자 여행을 다녀왔다. 하지만 맛있는 것을 먹고 휴식을 하기 위한 여행이 아니었다. 책 쓰기에 몰입하기 위한 여행이었다. 밖에서 맛있는 음식을 사 먹는 시간이 아까워 대부분 방에서 간단하게 만들어 먹었다. 목표가 나를 이렇게 만들었다.

언제가 더 행복하냐고 묻는다면 지금이다! 목표가 생긴 지금이 무료하게 편안한 삶을 살았을 때보다 더 행복하다. 비교가 될 수 없다. 이렇게 목표가 있는 삶과 없는 삶의 질은 하늘과 땅 차이가 난다. 이러니 목표가 있는 사람의 수명이 길 수밖에 없다.

건강하게 오래 살고 싶다면 목표를 세워야 한다. 행복하게 살고 싶다면 목표를 세워야 한다. 목표를 향해 달려가며 몰입한다면 매일 최고의 하루를 보낼 수 있다. 나는 오늘도 그런 하루를 꿈꾼다.

목표를 이루게 만드는 '이것'

목표를 세우는 것은 쉽다. '100억 부자가 될 거야.'라고 목표를 세우는 사람은 많다. 하지만 어떤 사람은 목표가 이루어지고, 어떤 사람은 이루어지지 않는다. 왜 그럴까? 목표가 이루어진 사람은 자신이 왜 '100억 부자'가 되어야 하는지 명확하게 아는 사람이다. 자신이 어떤 삶을 추구하는지 아는 사람이다. '100억 부자'는 목표일 뿐, 그 전에 사명과 비전이 세워져 있다. 사명을 아는 사람이 사명대로 살았을 때 목표가 이루어지는 것이다.

반면에 '100억 부자'라는 목표를 이루지 못한 사람은 사명이 없다. 사명이 없으면 내가 세운 목표가 나에게 왜 필요한지 알 수 없다. 그러니 목표를 향해 가다가 힘든 일이 생기면 그만두고 만다. 사명이 없는 사람에게 목표는 꼭 이루어져야 할 그 무엇이 아니다.

사명이란 사(사용하다), 명(생명, 목숨)을 말한다. 즉, 자신의 생명을 어떤 가치에 사용할 것인가에 대한 말이다. 사명은 자신의 존재 이유라고 할 수 있다.

나는 얼마 전 사명 선언문을 썼다.

'나는 레이저다. 목표를 정확히 비추어 태운다.
태워 없어진 자리엔 창조가 일어난다. 이러한 삶의 기술을 타인에게 전한다. 나와 타인이 세상의 창조에 기여하도록 노력한다.'

목표를 정확히 비추어 태운다는 말은 몰입한다는 말과 같다. 창조는 파괴가 먼저다. 태워 없어진 자리에 창조를 만들겠다는 나의 의지가 담긴 선언문이다. 나는 몰입과 창조를 만드는 삶을 추구하고 있다.

박성후 작가의 『포커스 리딩』은 사명 선언문을 개인의 헌법이라고 말했다. 헌법이 없으면 질서도 사라진다. 또한 저자는 사명 선언문 없이 살아가는 것을 GPS를 장착하지 않고 비행하는 것과 같다고 표현했다. GPS가 없으면 길을 잃고 헤매다 연료가 떨어지면 추락하고 만다.

사명 선언문을 쓰기 바란다. 사명을 찾는 일은 물론 쉽지 않다. 하지만 우리는 추락하지 않으려면 GPS가 있어야 한다.

사명을 찾는 5가지 질문을 해보자.

1) 죽을 때까지 간직하고 싶은 가치 혹은 목표는 무엇인가?
2) 누구를 위해, 무엇을 위해 헌신할 수 있는가?
3) 지금부터 10년 후 어떤 모습이기를 바라는가?
4) 삶이 앞으로 6개월밖에 남지 않았다고 가정한다면 마지막으로 누구에게 무엇을 하고 싶은가?
5) 지금 죽기 직전이라고 하자. 지금까지 이룬 것은 무엇이며, 사랑하는 가족들에게 어떤 말을 하고 싶은가?

『포커스 리딩』에 나온 질문들이다. 나는 모든 질문에 답했다. 5번, 죽기 직전에 사랑하는 가족들에게 남기고 싶은 말에 나는 아이들에게 이렇게 썼다.

'엄마, 신나게 잘 놀다 간다. 너무 즐거웠다. 너희도 인생을 즐기며 놀다 와라. 사랑한다.'

죽기 직전 유언이라고 생각하면 슬플 수도 있으나, 나는 하나도 슬프지 않다. 오히려 내 인생의 마지막 날에 저런 말을 하며 떠날 수 있다고 생각 하니 설렌다. 저 말을 남기기 위해 죽을 때까지 몰입하며 신나게 놀 생각이다. 진심이다.

나는 누구이고, 무엇을 원하고, 어떠한 삶을 살고 싶은지 아는 것은 무엇보다 중요하다. 사명을 아는 사람에게 목표는 사명대로 살아가는 과정일 뿐이다. 때문에 목표를 향하는 길에 생기는 힘든 일도 이겨낼 수 있다.

사명을 찾고 사명대로 사는 삶은 목표가 저절로 이루어지게 만든다. 목표를 세우기 전에 사명을 먼저 찾아야 하는 이유다.

몰입을 방해하는 악당

'멀티태스킹은 그저 한 번에 여러 가지 일을 망칠 기회에 지나지
않는다.'

-스티브 우젤(미국 영화배우)

빠르게 성장과 성공을 만들기 위해서는 집중과
몰입이 필요하다. 하지만 몰입을 방해하는 악당이 있다. 바로 스
마트폰 사용이다. 그리고 멀티태스킹이다.

현대인들은 멀티태스킹을 습관적으로 하고 있다. 하지만 이것
이 뇌를 망치는 행동인지 모른다. 심지어 동시에 여러 가지 일을
잘 해낼 수 있다고 믿는다. 하지만 멀티태스킹은 일을 망치는 주

범이다. 왜냐하면 인간의 뇌는 동시에 여러 가지 일에 집중할 수 없기 때문이다. 인간의 뇌는 한 번에 두 가지 일을 할 수는 있지만, 한 번에 두 가지 일을 모두 효과적으로 집중할 수는 없다.

'어떤 것이 머릿속 가장 정중앙에 있다'거나 '인식의 최고점에 있다'는 말은 사실 매우 정확한 표현이다. 어떤 일에 집중하면 그것은 중요한 일에 주의를 기울일 수는 있지만, 그런 경우 집중력이 나뉠 수밖에 없다. 이는 부인할 수 없는 사실이다. 한 번에 두 가지 일을 하면 집중력이 분산된다. 세 가지 일을 하면 그중 하나는 망치게 될 것이다. .... 만성적으로 멀티태스킹을 하는 사람들은 어떤 일을 하는 데 필요한 시간을 예측하는 감각이 떨어진다. .... 멀티태스커들은 수명을 단축시키고 행복을 빼앗아가는 스트레스를 더 많이 경험한다. ... 멀티태스킹은 업무 속도를 늦추고, 우리를 바보로 만든다.'

-『원씽』 게리 켈러

하지만 인간의 본성은 멀티태스킹을 좋아하도록 만들어졌다. 도파민이 나오기 때문이다.

〈멀티태스킹을 할 때 왜 도파민이 분비될까?〉

우리가 이곳저곳으로 주의를 분산시킬 때 기분이 좋아지는 이유는 우리 선조들이 상상할 수 있는 모든 자극에 빠르게 대응하기 위해 항상 주변을 경계해야 했기 때문이다. .... 뇌는 여기에 맞춰서 진화했고, 그 결과 멀티태스킹을 수행하고 집중력을 쉽게 흩트리면서 도파민을 분비하여 우리에게 보상을 제공한다.'

-『인스타 브레인』 안데르스 한센

게리 켈러의 『원씽』에도 비슷한 얘기가 나온다.

-저글링이 치러야 할 대가-

집중력 결핍은 인간의 본능에 속한다. ... 사실 인류가 생존할 수 있었던 것도 한 번에 여러 가지 일을 할 수 있도록 진화했기 때문이라고 한다. 나무 열매를 따고, 무두질하고, 아니면 힘든 하루 일과가 끝나고 불가에 앉아 쉬는 동안에도 맹수들이 다가오지 않을까 주변을 살피지 못했다면 인류의 조상들은 살아남지 못했을 것이다.

우리가 집중하지 못하는 것은 당연한 일이다. 인간의 본성이기 때문이다. 하지만 세상은 변했다. 지금은 맹수의 위협이 없다. 지금 생존 방법은 집중과 몰입이다. 하지만 이것은 본성을 역행해야 하기 때문에 매우 힘들다. 스마트폰의 탄생도 한몫하고 있다. 스마트폰으로 멀티태스킹이 습관화되고 있다. 따라서 현대인들의 뇌는 더욱 집중하지 못하는 뇌로 변하고 있다.

일을 하다가 잠시 스마트폰을 보는 것이 얼마나 큰 피해가 있겠는가?라고 생각할 수 있지만, 몇 초 딴짓은 생각 이상 대가를 치러야 한다. 뇌는 하나의 작업에서 다른 작업으로 넘어갈 때 주의력은 바로 따라가지 못한다. 즉, 두 번째 작업을 하고 있더라도 첫 번째 작업에 여전히 주의력이 남아있게 되는 것이다. 이를 주의잔유물이라고 한다. 몇 초의 스마트폰을 본 것이 아니라 실제로는 훨씬 더 긴 시간을 사용하게 되는 것이다. 그리고 뇌의 에너지도 한계가 있다. 멀티태스킹을 하면서 뇌는 더 많은 에너지를 소모하게 된다. 멀티태스킹은 시간과 에너지를 훔쳐가는 도둑이다.

그렇다면 뇌를 망가트리고, 시간과 에너지를 훔쳐가는 멀티태스킹을 어떻게 막을 수 있을까?

가장 먼저 해야 할 일은 스마트폰을 차단해야 한다. 어떠한 방법이든지 좋다. 집으로 들어갈 때 차에 스마트폰을 두고 가는 방

나는 열심히 살지 않기로 했다

법이나, 스마트폰을 넣고 원하는 시간까지 꺼내지 못하게 하는 잠금이 가능한 기계를 사용하는 것도 좋다. 이런 것이 번거롭다면 집 서랍을 이용해도 좋다.

나는 집에서 글을 쓸 때 폰을 안방에 두고 문을 닫아둔다. 폰을 보고 싶다는 생각이 들더라도 일단 일어나야 하니 귀찮다. 폰을 사용하기 위해서는 번거로운 단계를 거쳐야 한다. 눈앞에 폰이 있으면 손이 갈 수밖에 없다. 현대인들은 하루에도 수십, 수백 번 폰을 만지고 있다. 엄청난 에너지와 시간 낭비가 아닐 수 없다.

커피숍에서 한 커플을 본 적이 있다. 몇 시간 동안 각자의 스마트폰을 보고 이야기를 나눴다. 대화 내용을 보니 커플은 맞다. 그런데 그들의 사랑이 안타까웠다. 서로의 눈을 보고 영혼으로 대화하는 것이 아니었기 때문이다. 누구와 사랑을 하고 있는지 헷갈렸다. 앞에 앉아 있는 연인인가? 스마트폰인가? 인간관계에서도 사람에게 집중하지 않는다면 대가는 반드시 치르게 될 것이다.

한 번에 한 가지 일만 하도록 노력해야 한다. 몰입을 방해하는 악당 스마트폰으로부터 멀어져야 한다. 스마트폰을 손에서 놓기란 매우 어렵다. 많은 의지가 필요하다. 스마트폰 잠금장치를 권

한다. 꼭 필요한 시간 외에는 악당을 감옥에 가둬놔야 한다. 자칫 하다가는 소중한 오늘 하루를 다 잡아먹힐 수도 있다.

악당을 감옥에 가두자. 그렇게 소중한 내 시간과 에너지를 지켜 야 한다.

나는 놈 위에 노는 놈

나는 창조하며 놀기 위해 태어났다. 매일 아침 눈을 뜨며 오늘은 어떻게 더 신나게 놀까를 생각한다.

당신에게 일은 무엇인가? 단순하게 돈을 버는 수단인가? 돈을 더 벌기 위해 야근을 하는가? 그렇다면 당신은 서행 차선에 있는 것이다. 『부의 추월차선』의 엠제이 드마코에게 일은 놀이였다. 일이 놀이가 되면 주말이나 휴가가 필요 없다. 일을 하는 자체가 즐겁기 때문이다. 일을 놀이로 즐긴 엠제이 드마코는 30대에 억만장자가 되었다. 부의 추월차선에 있는 사람들에게 일은 놀이다. 빠르게 부자가 되고 싶다면 당신에게도 일은 놀이가 되어야 한다.

유튜버 〈하와이 대저택〉의 콘텐츠를 자주 듣는다. 운전할 때면 틀어놓는다. 〈하와이 대저택〉 유튜버는 회사에서 일을 할 때보다 지금이 월등하게 많은 양의 일을 하지만, 너무 즐겁다고 말한다. 남들이 보았을 땐 어떻게 저렇게 많은 양의 업무를 처리하지? 힘들겠다고 생각하지만, 아니다. 막상 본인은 행복한 비명을 지르고 있다고 말한다.

이미 엄청난 부를 가진 사람들은 누구보다 열심히 일하는 것처럼 보인다. 하지만 그들은 열심히 일하고 있는 것이 아니다. 일이 너무 재미있어서 놀고 있을 뿐이다. 그들에게 일은 놀이이며 사명이기 때문이다.

'열심히' 하는 자는 '노는 사람'을 이길 수 없다. '뛰는 놈 위에 나는 놈 있고, 나는 놈 위에 노는 놈 있다.' 『노는 만큼 성공한다』의 저자 김정운 교수님의 말씀이다. 나는 이 말이 맞다고 생각한다. 그래서 매일 노는 놈이 되기 위해 노력한다.

책을 쓰며 놀고 있다. 누군가에겐 책 쓰기가 고통이 될 수도 있겠지만, 나는 아니다. 나에게 책 쓰기는 놀이다. 따라서 나의 모든 일상은 책을 더 잘 쓰는 것에 포커스가 맞추어져 있다.

두뇌 발달을 위해 견과류 한 줌과 AOP인증 버터 두 조각, 다크 초컬릿 한 조각을 먹는다. 주 5회 이상 폴댄스로 근력운동을 하고, 매일 아침 40분 산책도 한다. 산책할 때도 어제와 다른 길로 다닌다. 두뇌 자극을 위해서다. 명상도 꾸준하게 하고 있다. 이 모든 행동은 책 쓰기를 위함이다. 일상도 매일 디자인 한다. 가장 집중이 잘되는 시간을 찾고, 음식 또한 어떤 음식을 어떻게 먹었을 때 소화가 가장 잘되고 집중력을 높이는지 관찰한다. 이 모든 것은 최상의 컨디션으로 최고의 글을 쓰기 위해서다.

가족 모두가 유럽 여행을 다녀온 적이 있었다. 물론 여행은 많은 추억을 남겼지만, 여행과 글쓰기 중 어떤 것이 더 즐겁나?라고 나에게 묻는다면 나는 '둘 다 매우 즐겁다.'라고 대답할 것이다. 대부분은 여행이 즐겁다고 말할 것이다. 나는 아니다. 나는 암에 걸리고 글쓰기로 몰입을 체험했을 때를 잊을 수가 없다. 몰입은 하늘을 나는 듯한 행복을 안겨주었다.

책 쓰기에 몰입하고 있는 지금도 즐겁다. 물론 글을 쓰는 모든 순간이 즐겁기만 한 것은 아니다. 하지만 매일 더 나은 나를 만들기 위해 애쓰는 과정이 즐거운 것이다. 멋지게 성장하고 있는 나를 만나는 것이 즐겁다. 행복은 목표를 향해 가는 과정에서 온다는 것을 또 체험하고 있다.

놀자. 미친 듯이 놀자. 세상은 놀이터다. 누가 더 몰입하며 미친 듯이 노느냐에 삶의 질이 달라진다. 인생은 양도 중요하지만, 질도 중요하다. 질을 높이는 방법은 몰입이다. 몰입을 많이 할수록 삶의 질도 높아지며 나의 내공도 높아진다.

인생은 경험이다. 질 좋은 경험을 많이 할수록 행복할 수밖에 없다. 경험의 질을 높이는 방법은 몰입이다. 내가 하는 일에 몰입하며 미쳐있을 때 최고의 행복을 맛볼 수 있다. 나의 잠재력을 다 발휘할 수 있다. 우리가 몰입하며 놀아야 하는 이유다.

〈역행적 태도〉에 대하여

본능에 역행하는 자가 성공한다. 주식이 폭락했을 때 사람들은 두려움에 벌벌 떨지만 부자들은 헐값에 주식을 사들인다. 부자들은 '공포'라는 본능에 역행할 줄 알기 때문이다.

사람들은 안정을 추구한다. 안정적인 직장을 원한다. 하지만 부는 안전함 속에 없다. 부는 리스크를 내 것으로 만든 자에게 주어진다. 사업을 하거나 투자를 하는 것이다. 하지만 대부분의 사람은 위험하다며 기피한다. 그러니 부자가 될 수 없다. 부자들은 리스크를 회피하지 않는다. 그 안에서 기회를 찾는다.

많은 사람들은 열심히 살면 부자가 될 것으로 착각한다. 아니다. 부자가 되는 길은 따로 있다.

인생은 누가 더 본능을 역행할 줄 아느냐의 게임이다. 성공은 본능대로 살 때 이루어지는 것이 아니다. 나의 본능을 역행해서 인위적으로 살 때 이룰 수 있다.

'시작'을 만들어라

일단 시작해야 한다. 아무리 좋은 아이디어도 시작하지 않으면 소용이 없다. 아무리 좋은 책을 읽어도 변화가 없다면 읽지 않은 것과 다름없다.

대부분의 사람은 변화를 싫어한다. 우리는 새로운 것을 시도하는 것에 두려움을 느낀다. 그렇게 느끼도록 진화해 왔기 때문이다. 〈클루지〉다. (〈클루지〉는 유전자 오작동, 잘못된 본능을 말한다. 사람이 진화하면서 과거에는 맞았으나 현재에는 맞지 않는 본능이 있다. 예를 들면, 당이다. 당(설탕)을 많이 먹는 것은 과거에는 생존에 유리했다. 하지만 지금은 아니다. 현대인들은 너무 많은 당을 섭취할 수 있는 환경에 살고 있다. 지금은 당의 섭취로 비만 등 각종 질병에 노출되어 있다. 즉, 당이 생존을 위협

하고 있다. 하지만 뇌는 지금도 당을 섭취하라고 말한다. 잘못된 본능이다.)

과거에는 새로운 것을 함부로 시도하는 것이 생존에 큰 위험이었다. 하지만 지금은 새로운 것을 시도하는 사람이 돈을 버는 시대가 되었다. (유튜브나, 코인, AI 사용 등을 보면 알 수 있다.)

시작이 어려운 것이 본능이다. 하지만 지금 시대는 새로운 것에 도전하는 사람이 생존에 유리하다. 그러니 본능을 역행해서 새로운 것을 시도할 줄 아는 사람이 되어야 한다.

그렇다면 어떻게 시작을 만들어야 할까?

〈시작을 만드는 첫 번째 기술 쪼개기〉

아웃풋이 최고의 학습 방법이자 돈을 버는 방법임을 알았다. 그렇다면 어떻게 실행할 것인가? 일단 SNS 계정을 만든다. 나에게 가장 편한 채널을 선택한다. 블로그에 글을 쓰는 것이 가장 편한 아웃풋 방법일 수 있다. 유튜브도 좋다. 블로그에 '매일 글을 써야 한다.'라고 생각하면 시작을 만들기 어렵다. 완성에 가까운 모습을 상상하면 시작이 안 된다.

작게 쪼개야 한다. 작게 쪼개는 기술은 시작을 만들고, 습관도 만들 수 있는 굉장한 기술이다. '블로그에 매일 글쓰기'를 작게 '블로그에 매일 글 3줄 쓰기'로 바꿔보자. 3줄은 쓸 수 있다. 어떤 말이라도 좋다. 오늘 먹은 음식 이야기도 좋다. 친구와 나눈 대화도 좋다. 길을 걷다 본 꽃 이야기를 써도 좋다. 물론 읽은 책 내용을 써도 좋다. 명언 하나를 정해서 명언에 관한 생각 3줄을 써도 좋다. 다 좋다. 일단 쓰는 것이 중요하다. 쓰기 위해서는 작게 쪼개서 부담을 덜어야 한다. 그래야 시작이 된다. 이렇게 쓰기가 시작되면 나는 변하기 시작한다.

작게 쪼개는 기술은 〈입어보는집〉을 만들 때도 사용되었다. 만약 내가 로드숍에 근사하게 인테리어를 하고 장사를 하려 했다면 결코 시작을 만들지 못했을 것이다. 집에서 옷 장사를 했기 때문에 가능했던 일이다. 리스크를 쪼개어 작게 만들었기 때문에 〈입어보는집〉 시작이 가능했다.

작게 쪼개는 기술은 일상생활에서도 가능하다. 아이의 방에는 12개의 서랍장이 있다. 아이가 아주 어렸을 때부터 장난감이나 필기구를 정리하기 위해 샀던 서랍장이다. 몇 년에 한 번씩 정리를 한다. 칸마다 용도가 정해져 있으나, 사용하다 보면 뒤죽박죽 섞인다. 그리고 필요 없는 물건들도 생긴다. 12개의 서랍장을 깨끗이 다 정리해야지 하면 시작이 안 된다. 이럴 때 쪼개기 방법을 쓴다. 서랍장 하나를 뺀다. 그리고 딱 하나의 서랍장만 정리한다. 이렇게 매일 정리하다 보면 12일 만에 서랍장 정리가 끝난다. 사실 하다 보면 그 전에 끝난다. 어떤 날은 2개, 또 어떤 날은 3~4개를 정리하게 되기 때문이다. 옷장 정리도 마찬가지다. 다 정리해야지 하면 시작이 안 된다. 나는 옷장 정리를 할 때 '오늘 딱 3개만 안 입는 옷을 버려야지!'라고 생각한다. 그렇게 안 입는 옷 3개를 찾기 시작하면 5개, 10개 옷장 하나 전체가 정리되는 마법을 볼 수 있다. 나는 이렇게 쪼개서 시작을 만든다.

사실 지금도 쪼개는 기술을 사용했다. 아이들이 시험 기간이라 둘 다 일찍 집에 왔다. 방에 들어와 글을 쓰고 있음에도 아이들이 들어오기도 하고, 방금은 큰아이가 돈가스가 먹고 싶다고 해서 돈가스를 사왔다. (오늘은 장이 선 날이다.) 글을 쓰다가 집중이 확 흩어졌다. 다시 글을 쓰려고 하니 막막함이 밀려왔다. (자주 그런다.) 이럴 때 내가 쓰는 방법은 '딱 10줄만 쓰자'다. 10줄만 쓰기로 하고 글을 쓰기 시작했다. 쓰다 보니 10줄이 20줄이 되고, 오늘 쓰고자 했던 목표량이 거의 다 채워졌다.

쪼개기 기술은 시작을 만드는 최고의 기술이다. 나는 이 기술로 글쓰기가 가능했고, 옷 장사도 가능했다. 할 수 없다고 생각될 땐 쪼개라. 하기 싫을 때도 쪼개라. 쪼개어 작게 만들면 무엇이든 시작이 가능하다. 일단 시작을 만들고 위대해지면 된다.

〈시작을 만드는 두 번째 기술 '아님 말고'〉

폴댄스를 시작한 지 1년이 되었다. 폴댄스를 처음 시작했을 땐 44살이었다. 어깨가 매우 좋지 않았을 때다. 유방암 수술 후 어깨가 심각하게 아팠다. 어깨부터 목까지 주사를 3~4대씩 맞고, 고주파 치료나 도수치료를 받았다. 그래도 어깨는 빠르게 좋아지지 않았다. 이런 상태에서 운동을 시작했다. 처음엔 문화센터에서 필라테스를 주 2~3회 다니는 것으로 시작했다. 그렇게 2~3개월 다니다가 갑자기 폴댄스 생각이 났다.

처음 폴댄스를 생각했을 땐 '내가 저런 걸 어떻게 해~ 운동도 못해서 근육도 없는데. 그리고 폴댄스를 하기엔 나이가 너무 많아.'라고 생각했다. 하지만 나는 이 생각 때문에 지난 몇 년간 폴댄스를 시작하지 못했다는 것을 알았다. 5년 전에도 이런 생각을 했었고, 나는 아직도 시작하지 않고 있었다. 5년 전보다 나이는 더 들었고, 몸 상태는 더 엉망이 되어 있었다. 이젠 시작하지 않으면 폴댄스를 평생 배울 수 없을 것 같았다. 죽음도 생각해보지 않았는가? 살면서 해보고 싶은 것은 다 해봐야겠다고 생각했다. '아님 말고' 정신을 사용하기로 했다. '아님 말고' 정신은 해보고 아니면 그만두는 것을 말한다. 폴댄스를 시작해 보고 아니다 싶으면 그만두면 된다. 대단한 일도 아니다. 하지만 해보고 그만두는 것과 시작도 하지 않은 것은 엄청난 차이가 있다. 일단 시작을 만들기로 했다.

알아보니 폴댄스 학원에 '무료 체험'이라는 좋은 제도가 있었다. 당장 '무료 체험' 신청을 했다. 무료 체험 후 내가 매달릴 수 있다는 사실을 알게 되었다. 그렇게 나는 지금까지 폴댄스 학원에 다니고 있다. 심지어 전문가반을 듣고 있다. 몰라보게 근력과 체력이 늘어났음은 물론, 유연성도 엄청나게 좋아졌다. 정말 신기한 것은 아팠던 어깨 통증이 사라진 일이다.

내가 책을 쓸 수 있었던 이유는 폴댄스를 시작했기 때문이었다. 폴댄스라는 운동을 하지 않았다면 나의 성장 속도는 더 천천히 진행되었을 것이며, 책을 쓸 엄두도 내지 못했을 것이다.

'아님 말고' 정신은 〈입어보는집〉 옷 가게를 시작할 때도 사용되었다. 리스크를 작게 쪼개고, 망해도 된다고 생각했다. 창업비용이 500만 원밖에 되지 않았다. 망해봤자 재고비용만 남을 뿐이었다. 500만 원에 경험을 사기로 했다. 망해도 나에게 남는 장사였다. 그렇게 망해도 된다고 생각하니 시작이 되었다.

내 집 장만에 성공하고, 신랑이 처음 명품 가방을 사준다고 했었다. 나는 명품 가방 대신 500만 원을 나의 경험에 투자하기로 했다. 10년 가까이 아이만 키우던 엄마가 집에서 옷 장사를 해서 성공을 만들 확률이 얼마나 있을까? 나는 실패하기로 했다. 명품 가방값을 날리겠다고 생각하고 시작한 것이 〈입어보는집〉이었다. 장사를 하겠다고 결심하고 신랑에게 가장 처음 한 말은 "나 500만 원 까먹어도 돼?"였다.

성공을 하려니 시작이 안 되는 것이다. 시작하는 것을 다 성공시킬 필요는 없다. 시작을 해보고, 아니면 그만둬도 된다. 그렇게 이것저것 다양하게 시도를 해보다가 나에게 맞는 것을 찾으면 된다. 끝까지 완벽하게 성공하고자 하는 마음이야말로 시작을 방해하는 훼방꾼이다. 포기해도 된다. 그리고 완벽은 없다.

시작은 언제나 설렌다. 왜냐하면 작은 시작이 엄청난 변화를 불러오기 때문이다. 나의 경험들이 모두 그랬다. 그냥 쓰기 시작한 글쓰기는 나를 작가로 만들었다. 망할 생각으로 시작한 〈입어보는 집〉 장사는 성공의 법칙들을 깨닫게 해줬다. '아님 말고' 정신으로 시작한 폴댄스는 나를 더욱 크고 단단하게 만들고 있다. 이 모든 변화를 만든 것은 아주 작은 시작이었다. 시작이 없었다면 지금의 나도 있을 수 없다.

시작하라. 무엇이든 좋다. 작은 시작들은 내가 누구인지 나를 더 알아갈 수 있게 만들며, 삶을 재밌고 흥미롭게 만든다.

실패하기 시스템 = 시도하기 시스템

시작을 만들지 못하는 이유 중 하나는 실패에 대한 두려움 때문이다. 실패는 나쁜 것인가? 그렇지 않다. 실패는 '작은 성공'이다. (『슈퍼노멀』의 저자 주언규 작가님의 말이다.) 나 역시 실패를 '작은 성공'이라고 생각한다. 성공을 만드는 사람들은 모두 이 사실을 안다.

우리 사회는 실패를 나쁜 것이라고 인식하고 있다. 실패하면 낙오자 취급을 받는다. 실패하지 않으려 안간힘을 쓴다. 그러니 도전하지 않는다. 실패하면 안 되기 때문이다.

하지만 성공과 성장을 위해서 실패는 반드시 필요한 과정일 뿐이다. 실패 없이 크게 성공한 사람을 본 적이 있는가? 나는 없다.

크게 성공한 사람들은 무수한 실패 속에서 배운다. 진짜 실패는 실패하지 않기 위해 아무것도 하지 않는 것이다.

'우리는 성공보다 실패에서 더 많은 지혜를 배운다. 무엇이 작동하지 않는지 알아내는 과정에서 무엇이 작동하는지 발견하게 된다. 아마도 실수를 한 적이 없는 사람은 새로운 것을 발견한 적도 없을 것이다.'
-『스스로를 구할 준비가 되었는가』 사뮤엘 스마일즈

에디슨은 축전기를 만들 때 2만 5천 번의 실패를 경험했다. 하지만 에디슨은 건전지가 작동하지 않는 2만 5천 가지를 알아냈다고 생각했다. 에디슨이 발명왕이 된 비법에는 실패가 있었다. 엄청나게 많은 실패가 에디슨을 만들었다고 해도 과언이 아니다.

성공하고 싶다면 실패하라. 실패 안에 성공이 들어있기 때문이다. 빠르게 성공하고 싶다면 빠르게 실패하면 된다.

옷 장사를 했을 때 실패를 시스템으로 만들었다. 〈입어보는집〉은 1월과 2월 그리고 7월 중순부터 8월 중순까지 1년에 두 번 문을 닫고 쉬었다. 아이들의 방학 기간이기도 했지만, 어차피 장사가 안되는 비수기였다. 나는 이때 문을 닫고 책을 읽으며 새로운 실패를 기획했다. 새로 오픈할 때 변화를 주는 것이다. 예를 들면, 기존 거래처 말고 새로운 거래처 두세 군데를 더 뚫었다. (동대문은 거래처마다 컨셉이 다르다.) 이렇게 새로운 거래처를 뚫음으로써 〈입어보는집〉 옷에도 변화를 줬다. 신발을 팔지 않았는데 신발 판매에 도전을 해보고, 알레르기 걱정 없는 귀걸이와 액세서리를 파는 것에 도전했다.(주삿바늘에 사용되는 써지컬 스틸을 재료로 만든 거래처였다. 반응이 매우 좋았다.)

여러 가지 실패 시도가 정말 많았지만, 가장 기억에 남는 것은 고퀄리티 옷을 판매했던 기억이다. 〈입어보는집〉의 옷은 중저가 옷이 대부분이었다. 가격을 낮추는 것에 한계를 느끼고 있었지만, 품질을 높이고 싶은 욕망도 있었다. 하지만 집에서 옷을 판매하는데 바지 하나에 6~7만 원이나 되는 비싼 옷을 살까? 고민되었다. 실패하기 시스템을 작동시켰다. 고급스러운 골드 행거를 하나 사고, 그 행거 하나에만 고퀄리티 옷을 진열했다. 다 해봤자 100만원 남짓이었다. 그리고 반응을 보았다. 결론은 대박이었다. 사람들은 고퀄리티 옷과 저렴한 옷을 함께 구매했다. 매출이 껑충 뛰었던 것은 물론, 저렴한 옷만 판다는 〈입어보는집〉의 이미지가 바뀌었다. 퀄리티가 좋은 옷을 팔기 시작했더니, 며느리가 시어머니를 모시고 와서 쇼핑한 적도 있었다. 한 고객이 100만 원 넘게 옷을 사 간 적도 있었다. 난 이때 〈입어보는집〉이 한 단계 더 성장했다고 생각했다.

뒤늦게 이때 내가 했던 방법이 빌 비숍의 『핑크 펭귄』에 나오는 '구르메 패키지'였다는 사실을 알게 되었다. '구르메 패키지'는 고급 차별화 마케팅 방법을 말한다. 『핑크 펭귄』을 읽으면서 무릎을 '탁' 쳤다. 내 얘기였기 때문이다.

나는 〈입어보는집〉의 성공 원인 중 하나는 '실패를 시스템'으로 만들었기 때문이라고 생각한다. 〈입어보는집〉은 실패하기로 결심하고 시도한 많은 도전으로 성공을 만들었다.

켈리 최 회장님은 『웰씽킹』을 쓰기 전에 『파리에서 도시락을 파는 여자』도 썼다. 이 책에서 회장님은 '실패하지 않는 것이 가장 큰 실패'라고 말했다. 모든 성공은 실패가 있었기 때문에 가능하다는 것을 성공한 사람들은 안다. 그러니 실패를 두려워하지 않는다. 다만 내가 감당할 수 있는 실패인지 계산할 뿐이다.

삶에 실패하기 시스템을 만들어라. 리스크가 계산된 실패를 즐겨라. 이 방법이 나를 가장 빠르게 성공시키는 길이다.

성공은 '아니오'라는 말 뒤에 있다

코로나로 〈입어보는집〉 문을 닫은 지 3년 만에 세일 오픈을 했다. 〈입어보는집〉이 장사를 하는 마지막 날이었다. 3년 만에 고객을 다시 만난다고 생각하니 설레었다.

'띵~동', 첫 번째 고객이 왔다. 아는 고객의 얼굴을 보니 반가웠다. 하지만 반가움은 잠시였고, 속으로 마음의 준비를 하고 있었다. 왜냐하면 만만한 고객이 아니었기 때문이었다. 첫 번째로 니트를 권했다. 하지만 니트는 안 입는다고 한다. 두 번째로 베이지색 티를 권했다. 베이지색 티는 입어본 적이 없다고 한다. 다음 추천한 티는 원단이 흐르는 듯해서 싫다고 하셨고, 그다음 추천한 옷은 긴 상의가 아니라서 싫다고 하셨다. 이쯤 되면 대부분 판매

사원은 포기한다. 알아서 골라 입게 놔둔다. 하지만 나는 끝까지 고객이 원하는 상품을 찾기 위해 노력했다. 그리고 드디어 첫 번째 옷을 갈아입으러 들어간 순간, 숍 전체를 훑었다. 고객이 싫어하는 취향을 배제하고, 어울릴만한 모든 옷을 세팅했다.

고객이 옷을 갈아입고 나오자, 입고 있는 상의에 어울릴만한 바지를 준비했다. 그리고 재킷도 입혀드렸다. 내가 고른 옷이 찰떡같이 어울릴 때마다 고객은 미소를 지었고, 나 역시 만족했다. 어떻게 되었을까? 고객은 결국 바지 세 벌과 신발, 재킷까지 싹 다 구매했다.

나는 판매를 잘한다. 왜냐하면 거절을 두려워하지 않기 때문이다. 옷을 추천했을 때 고객이 거절하면 '아, 고객님은 이런 스타일을 싫어하는구나.'라고 인식한다. 즉, 거절할 때마다 고객이 좋아하지 않는 스타일을 하나씩 알 수 있다고 생각한다. 이것은 고객이 좋아할 상품을 찾는 것에 도움이 된다. 고객이 거절할수록 좋아하는 상품을 찾을 수 있는 확률이 올라가는 것이다.

사실 이런 고객은 다른 옷 가게에 가면 환영받기 힘들다. 하지만 나는 이런 고객을 끝까지 만족시키려 애쓴다. 왜냐하면 이런 고객일수록 한 번 마음에 들면 단골이 될 뿐만 아니라 친구까지 데리고 올 확률이 높다는 것을 알기 때문이다. 고객을 감동시키면 곱하기가 되어 돌아온다. 이것은 진리다.

옷 가게를 밖으로 빼야겠다는 상상을 잠깐 했던 적이 있다. 이때 직원에게 무엇을 가르쳐야 할까? 고민했었는데, 가장 처음 든 생각이 '거절을 두려워하지 않기'였다. 나를 복제하고 싶었기 때문이었다. 내가 옷을 잘 팔았던 비법은 고객이 좋아하는 옷을 잘 찾아주었기 때문이다. 고객이 좋아하는 옷을 찾기 위해서는 자꾸 권해봐야 한다. 거절을 당하면서 취향을 파악하면 된다. 너무 쉽다. 하지만 내가 쉽다고 느끼는 이것을 나는 경험해 본 적이 없다. 스스로 고르게 내버려두거나, 한두 벌 추천했는데 거절하면 다른 고객에게 갔다. 내가 옷을 사지 않으리라 생각해서다. 차이는 여기서 난다.

나는 고객이 티 하나를 입어보러 들어가면 그 티에 어울리는 바지와 신발, 가방, 외투까지 싹 세팅을 했다. 습관적으로 그렇게 했다. 그리고 티 하나 사러 왔던 고객이 내가 고른 옷들을 싹 다 구매하는 일은 너무 흔했다.

큰 성공을 거둔 사람들은 인생이 '세일즈'라고 생각한다. 때문에 상품을 권하고, 수도 없이 거절당하는 일을 당연하게 생각한다. 그랜트 카돈의 『10배의 법칙』에도 고객에게 전화를 걸어 일을 성사하는 예가 여러 번 나온다. 그랜트 카돈은 한 달에 한 번 홍보 메일을 돌렸는데 수신 거부 요청이 잇따르자 매주 두 번(한 달에 8번) 홍보 메일을 보냈다. 수신 거부 요청이 들어와도 더 많은 홍보 메일을 돌렸다. 이렇게 세계적인 부자도 거절을 당하며 고객의 'YES'를 받아냈다.

『가진 게 지독함 뿐이라서』의 저자 윤미애 벤츠 이사님도 마찬가지다.

'오피스가 많이 입주해 있는 건물의 맨 위층에 올라가서 한 층 한 층 내려가면서, 사무실에 무작정 들어가 회사 제품의 전단지와 명함을 두고 오는 일명 '빌딩 타기'도 자주 했다. .... 무시하는 듯한 냉랭한 시선, 잡상인 취급하며 내쫓는 험한 말투, 심지어 욕도 먹어봤지만, 나는 전혀 부끄럽지 않았다.'

윤미애 이사님의 이런 태도가 없었다면 200억 자산은 결코 만들어지지 않았을 것이다.

성공은 '아니오'라는 말 뒤에 있다. 부자들은 '아니오'라고 말한 뒤에 상당수의 계약이 성사된다는 것을 안다. 계속 밀어붙여야 한다.

거절을 두려워하지 않는다는 것은 본능에 역행해야 한다. 그러니 어렵다. 하지만 부는 본능에 역행했을 때 찾아온다. 거절을 즐겨라.

세상에 나를 드러내라

돈을 벌기 위해서는 생산자가 되어야 한다.

'실생활에 응용하자면, 텔레비전을 통해 제품을 사는 대신 팔아야 한다. 금을 캐려고 땅을 파는 대신 삽을 팔아야 한다. 수업을 듣는 대신 수업을 제공해야 한다. 돈을 빌리는 대신 빌려주어야 한다. 직업을 갖는 대신 고용해야 한다. 집을 담보로 잡히는 대신 잡아야 한다. 소비로부터 달아나서 생산자로서 인생을 살아가야 한다.'

-『부의 추월차선』엠제이 드마코

엠제이 드마코는 부의 추월차선을 달리는 사람들은 생산자이자

기업가, 혁신가, 예지자 그리고 창조자라고 했다. 그렇다면 나는 무엇을 할 것인가? 이 중 가장 쉬운 것이 생산자이다. 그렇다면 나는 무엇을 생산할 수 있을까? 가장 쉬운 방법은 콘텐츠를 생산하는 것이다. 콘텐츠 생산자는 새로운 부를 만드는 공식이다.

나는 내성적인 사람이다. 사람들과 함께 있는 것보다 혼자 있는 것을 더 즐긴다. 나서는 것을 별로 좋아하지 않는다. 하지만 집에서 옷 장사를 했을 때 나는 외향적인 사람이었다. 초등학교 앞에서 명함을 들고 나누어 주는 일조차 그렇다. 어떤 엄마가 이런 일을 쉽게 할 수 있을까? 나는 했다. 해야 한다고 생각했기 때문이다.

〈입어보는집〉에는 네이버 밴드가 있었다. 밴드에 신상품 사진을 찍어 가격과 함께 올렸다. 그리고 한 가지 더 한 것이 있다. 오픈 날 아침마다 나의 모습을 사진 찍어 올렸다. 물론 판매하고 있는 상품을 입고 찍은 것이다. 이렇게 입고 찍은 옷들이 훨씬 더 잘 팔렸다. 택배 주문으로까지 이어졌다. 나는 더 열심히 입고 찍을 수밖에 없었다.

나는 사진 찍는 것을 좋아하지 않는다. 사진으로 본 내 모습이

항상 마음에 들지 않아서다. 그냥 어색하다. 셀카도 거의 찍은 적이 없다. 신랑과 여행을 가서도 사진을 잘 찍지 않는다. 그런 내가 옷 장사를 했을 때는 부지런히 사진을 찍고 밴드에 올렸다. 모델도 아닌데 모델인 척 자세를 잡고 찍었다. 그렇게 해야 하니까 했을 뿐이다.

개인이 연예인이 되고, 브랜드가 되는 세상이다. 타인의 사랑을 받을수록 영향력은 커진다. 영향력이 커진다는 것은 더 많은 기회를 잡을 수 있게 된다는 것이다. 이런 기회들을 잡아 사다리를 타고 올라가면 부자들이 모여있는 곳이 있다. 그곳에 도착할 때까지는 나를 드러내 영향력을 만들어야 한다.

세상이 바뀌었다. 이제는 누가 더 세상과 연결을 잘하냐의 싸움이다. 공부도 아웃풋하며 해야 하고, 장사도 아웃풋하며 해야 한다. 일상의 모든 것을 아웃풋해야 하는 세상이 되었다. 아웃풋이 돈이기 때문이다.

만약 경제적 자유가 목표라면 어떠한 방식으로든 나를 세상과 연결해야 한다. 아웃풋하며 나를 드러내야 한다. 부자가 되는 공식이기 때문이다.

나를 드러내는 것이 꼭 돈 때문만은 아니다. 옷 가게 장사를 경험하며 나의 새로운 점을 많이 발견했다. 글쓰기를 하면서도 마찬가지다. 나를 드러내면서 더 객관적인 눈으로 자신을 바라볼 수 있게 되었다. 메타인지가 높아졌다. 메타인지가 높아지면 내가 원하는 삶을 살게 될 가능성도 높아진다. 즉, 나를 들어냄으로써 메타인지가 높아지고, 내가 원하는 성공적인 삶을 살 확률이 높아지는 것이다.

대단한 사람만 아웃풋할 수 있는 것도 아니다. 세상에 나와 똑같은 사람은 없다. 나는 존재만으로도 매력적인 사람이다. 다르기 때문이다. 이런 나의 모습을 내보내면 된다. 나를 세상에 내보내라. 콘텐츠 생산자가 되어라. 그렇게 영향력을 키워 기회를 잡으면 성공을 만들 수 있다.

안전함이 위험이다

　　의대 쏠림 현상이 심해지고 있다. 세상이 불안할수록, 취업이 힘들수록 안전한 직업을 찾고 있기 때문이다. 지금은 의대가 가장 안전해 보인다. 그러니 많은 학생과 부모는 의대만 바라보고 있다.

　20년 전에는 어땠을까? 교대도 인기가 많았다. 선생님은 안정적인 직업이었기 때문이다. 선생님은 학생과 학부모의 존경을 받는 직업이기도 했다. 특히 여성들에게 인기가 많았다. 선생님이라는 직업은 결혼할 때도 대우받았다. 지금은 어떤가? 교권 추락과 동시에 교대의 인기는 사라졌다. 교대 80% 미달, 자퇴생이 사상 최대라는 기사를 2023년도에 봤다. 2025년인 지금은 더 심하리라 예상된다.

의사의 미래 역시 15년 후 어떻게 변할지 아무도 모른다. (AI 시대에 의사라는 직업도 매우 위험하다고 말하는 이도 많다. 나 또한 이 말에 매우 동의한다.) 세상은 변한다는 진리만 알 수 있을 뿐이다. AI가 나온 지금, 더 이상 안전한 직업은 없다. 그리고 세상은 원래 안전한 곳이 아니다.

『즐겨라 위험하게 사는 즐거움』의 저자 오쇼는 이렇게 말했다.

'인생이 불확실하다고 하지 말라. 대신 경이롭다고 하라. 인생이 불안전하다고 하지 말라. 대신 자유 그 자체라고 하라. 어떤 것도 안전하지 않다. 이것이 나의 메시지다. 인생이 안전할 리 없다. 안전한 인생은 죽음보다 더 나쁘다. 어떤 것도 확실한 것은 없다. 인생은 불확실한 것들로 충만하다. 경이로움으로 가득하다. 그래서 인생은 아름답다.'

오쇼는 안전한 인생을 죽음보다 더 나쁘다고 말했다. 인생은 불확실하다. 하지만 불확실해서 경이로운 것이며, 아름다운 것이다. 우리는 불확실성 안에서 경이로움과 아름다움을 즐길 줄 알아야 한다.

내가 생각하는 안전한 삶은 있다. '가장 나답게 사는 것'이다. 타인의 시선이 아닌, 나만의 가치관을 추구하며 사는 삶이다. 이러한 삶은 세상이 아무리 변한다고 한들 상관이 없다. 나만의 가치관대로 사는 삶이기 때문이다.

나답게 살기 위해서 필요한 그것이 있다. '용기'다. 남과 다르게 살 '용기'가 필요하다. 모두 의대를 고집할 때 진정 자기가 원하는 것을 찾는 것이 용기다.

남들과 다른 길을 간다는 것은 '리스크'를 내 것으로 만드는 행동이다. 위대한 사람들은 모두 '리스크'를 내 것으로 만든 사람들이다. 그렇게 '리스크'를 안고 비상했다.

부자가 되는 공식에는 모두 '리스크'가 담겨 있다. 즉, '리스크'를 내 것으로 만들어야 생존이 가능한 시대가 되었다는 뜻이다. 가장 나답게 살며 나와 세상을 연결해야 돈을 벌 수 있다. 또는 투자나 사업을 통해 부를 만들 수도 있다. 이 모든 것들은 '리스크'를 감당해야 하는 일이다. 안전함 안에 부와 성공은 없다.

'리스크'는 '위험'이 아니다. '위험'은 'danger'다. '리스크'는

'risk'다. '리스크'는 '불확실성'이다. 세상은 점점 불확실성이 커지고 있다. 때문에 불확실성을 다룰 줄 알아야 한다. 세상이 그렇게 변했기 때문이다. 미래는 불확실성을 즐길 줄 아는 자가 많은 것들을 가지게 될 것이다. 앞으로는 '리스크'를 즐길 줄 아는 사람이 세상의 주인공이 될 것이다.

'안정'을 추구하는 삶 자체가 가장 큰 위험이다. 세상이 매우 빠르게 변하고 있기 때문이다. '안정'이란 국어사전에 '바뀌어 달라지지 아니하고 일정한 상태를 유지함'으로 나와 있다. 세상이 급변하고 있는데 내가 안정되어 있다면 나는 퇴보하고 있는 것이다. 즉, 안정을 추구하는 삶은 뒤처지는 삶을 추구하는 것과 같다. 안정을 추구하는 삶이 '리스크'를 감당하며 앞으로 나아가는 것보다 위험하다고 생각하는 이유다.

'리스크'를 감당하고자 하는 마음이 없다면 시작 또한 만들 수 없다. 실패라는 리스크를 감당하기 싫으니, 시작이 안 되는 것이다. 시작을 만들기 위해서는 실패 또한 내 것으로 만들겠다는 마음이 필요하다.(실패는 작은 성공이다. 피할 이유가 없다.)

리스크를 내 것으로 만드는 것도 요령이 있다. 리스크를 측정하는 것이다. 최악의 상황을 가정해 본다. 최악의 상황이 일어났을 때 내가 감당할 수 있을지 없을지만 예상해 보면 된다. 해보면 알겠지만, 우리가 도전하는 수많은 것들은 최악의 상황을 가정해도 큰일이 일어나지 않는다. (유튜브에 도전했다가 실패한다고 한들 나에게 얼마나 큰 피해가 있겠는가? 유튜브를 만드는 기술만 얻는다. 주식 투자도 마찬가지다. 최악의 상황을 가정하고 감당할 수 있는 범위에서 투자하면 된다. 장사도 마찬가지다. 모든 일이 그렇다.)

리스크가 좋다고 무작정 다 껴안으면 안 된다. 중요한 것은 계산된 리스크를 껴안는 것이다.

나는 리스크라는 단어를 좋아한다. 리스크는 변화와 많은 가능성을 내포하고 있기 때문이다. 변화와 가능성 안에서 기회를 찾는다. 이것이 나를 성장시키고 부를 만드는 길이다.

열심히 일할수록 가난해지는 이유

'분주한 삶이 가져오는 황폐함을 경계하라.'

- 소크라테스

롭 무어의 『레버리지』는 '더 적은 것으로 더 많은 것을 성취하는 것, 더 적은 돈으로 더 많은 돈을 버는 것, 더 짧은 시간을 투자해서 더 많은 시간을 얻는 것, 더 적은 노력으로 더 많은 성과를 얻는 자본주의 속 숨겨진 공식이다. 한마디로 하면 '최소 노력의 법칙'이 쓰여있다. 레버리지는 자본주의 세상에서 꼭 알아야 할 과학이다. 부자들은 모두 레버리지를 통해 자산을 모았다. 자본주의 사회에서 레버리지는 나를 부자로 만드는 도구다.

열심히 살아도 가난한 이유는 레버리지를 당하고 있기 때문이다. 내가 모든 것을 다 하는 것은 레버리지를 당하고 있는 것이다. 레버리지는 내가 해야 할 가장 중요한 일만 하고 나머지는 다 위임하는 것을 말한다. 이렇게 함으로써 나는 더욱 본질에 집중할 수 있게 되고, 더 큰 성과를 만들게 된다.

1,300억 자산가 (전)디쉐어 의장이었던 현승원 대표는 모 유튜브에서 '숨 쉬는 것조차 레버리지하고 싶다.'라고 말했다. '나도 할 수 있고, 그도 할 수 있는 것은 다 레버리지해야 한다.'며 열정적으로 이야기했던 그의 강의가 생각난다.

시간은 하루 24시간 누구에게나 공평하다. 하지만 부자들은 레버리지를 사용함으로써 본인의 시간을 최대한으로 사용한다.

가난한 사람은 내가 다 해야 한다는 생각을 가지고 있다. 성실과 열심히라는 함정에 빠져 산다. 그렇게 열심히 성실하게 시간을 쓰고, 노력의 성과물을 부자들에게 준다. 그리고 본인은 열심히와 성실함의 자위를 받으며 점점 가난해진다.

열심히 일만 하는 사람들은 인플레이션이 등 뒤에 바짝 쫓아오고 있음을 인지하지 못한다. 바로 눈앞만 보고 달렸기 때문이다.

그래서 열심히 살아도 가난해진다.

지나고 보니 아쉽다. 내가 7평 전세를 살 때부터 레버리지를 알았다면 얼마나 좋았을까? 하는 후회가 든다. 그랬다면 작은 돈을 아끼기 위해 마트를 돌아다니는 바보 같은 행동은 하지 않았을 것이다. 열심히 돈을 아끼고 모아야 한다는 생각만 해서 그런 행동을 했었다. 황금 같은 나의 시간과 에너지를 엉뚱하게 낭비했었다.

한때 나는 내가 매우 유능하다고 생각했다. 육아, 청소, 자기계발, 돈 아끼기 등 모든 것에 최선을 다했고, 제법 잘 해내고 있다고 생각했다. 내가 없으면 집이 돌아가지 않는다고까지 착각했었다. 그렇게 몸을 혹사하다가 병이 들어 레버리지를 사용한 적이 있었다. 가사도우미의 도움을 받게 된 것이다. 4만 원이면 가사도우미 4시간을 쓸 수 있었다. 그렇게 하루 도움을 받으면 일주일이 편했다. 하지만 이때 나는 레버리지를 알지 못했다. 4만 원이 아까워 도우미의 도움을 두세 번 받는 것에 만족했다. 그리고 다시 나는 레버리지 당하는 삶을 살았다.

4만 원을 매주 써야 했다. 그리고 일주일의 편안함을 사야 했다. 이렇게 아낀 에너지로 아이들과 더 유익한 시간을 보내고, 자기계

발에 더 시간을 써야 했다. 이렇게 하는 것이 나의 시간을 더 효율적으로 쓰는 방법이었다.

아이 둘을 낳고 기르면서 점점 말라갔다. 먹을 시간도, 잠을 잘 시간도 부족했기 때문이었다. 하지만 이렇게 열심히 살아야 하는 줄 알았다. 그래야 부자가 되는 줄 알았다. 정말 체력이 다하는 끝에 가서야 완벽함을 포기할 줄 알게 되었다. 나는 다 할 수 없는 사람임을 인정하고 내려놓기 시작했다. 설거지도 미뤄서 한꺼번에 처리하고, 청소도 대충 하면서 열심히를 내려놓았다. 작은 돈을 벌기 위해 했던 중고로 사고파는 일도 그만두었다. 내 시간과 에너지를 잡아먹는 바보 같은 행동들을 그만두기 시작한 것이다. 그리고 밥을 챙겨 먹고, 커피 한 잔과 책을 봤다.

롭 무어는 땀이 모든 걸 이뤄주지 않는다고 말한다. 나 역시 열심히 레버리지를 당했던 사람으로서 이 말의 뜻을 가슴으로 이해하고 있다. 나의 시간은 중요한 것에 집중되어야 한다. 이것이 후회 없는 인생을 사는 방법이기 때문이다.

나는 요즘 레버리지를 위해 손질이 다 된 샐러드를 사서 먹는다. 간편하게 씻기만 하면 되니, 조리 시간이 많이 단축되었다. 밀가루가 들어가지 않은 스콘도 가끔 사서 먹는다. 예전에는 건강 때문에 간식도 직접 만들어 먹었었다. 하지만 지금은 돈이 더 들더라도 좋은 재료로 만든 음식을 사서 먹는다. 나의 에너지와 시간을 음식 만드는 것에 쓰고 싶지 않기 때문이다. 이렇게 아낀 시간과 에너지를 책 쓰는 것에 쓰고 있다. 더 중요한 일에 에너지를 쓰고 있는 것이다.

요즘 나는 레버리지하기 위한 소비(나를 위한 투자)에 집중하고 있다. 아끼는 것이 아닌, 돈을 써야 진정한 부가 따라온다는 것을 알았기 때문이다.

내가 모든 것을 다 해야 한다는 착각을 버리고, 완벽을 버리고 레버리지하라. 그래야 진짜 내가 해야 하는 일에 집중할 수 있다. 그리고 부는 따라서 온다.

나는 열심히 살지 않기로 했다

열정과 의지가 아니다

성공한 사람들은 루틴이 있다. 매일 아침 일어나 똑같은 행동을 한다. 예를 들면, 이불 정리를 한다든지, 따뜻한 물 한 잔을 마시는 것이다. 명상을 하기도 한다. 아침 루틴에 성공함으로써 작은 성취감으로 하루를 시작한다. 성공한 사람들은 이 작은 성취감이 오늘 하루를 결정한다는 것을 안다.

성공한 사람들은 의지와 싸우지 않는다. 성공한 사람들은 목표와 싸우지 않는다. 성공한 사람들은 열정을 믿지 않는다. 성공한 사람들은 시스템을 이용할 뿐이다. 성공한 사람들의 비밀은 시스템에 있다. 그들은 최고의 변화는 아주 작은 습관에서 시작된다는 것을 알고 있다.

『해빗』의 저자 윌리엄 제임스는 '자신이 곧 살아있는 습관 덩어리가 되리라고 깨달을 수 있다면, 아직 덜 완성된 상태일 때 자신의 행동에 더 주의를 기울일 것이다.'라고 말했다. 우리는 살아있는 습관 덩어리다. 우리가 변하기를 원한다면 습관을 바꿔야 한다.

목표는 일시적이므로 장기적인 성취를 주기 힘들다. 장기적인 성취를 위해서는 큰 비전을 가지고 과정을 즐겨야 한다. 우리가 주목해야 할 것은 과정이다. 과정은 습관이며 시스템이다. 즉, 목표를 달성하기 위한 시스템을 만들고, 그것을 내 것으로 만드는 것에 집중해야 한다. 결국 좋은 시스템이 성공을 만들기 때문이다.

목표는 방향을 설정하는 데 필요하며, 시스템은 과정을 제대로 해나가기 위해 필요하다. 우리가 실패했던 이유는 시스템(습관)을 만들지 않았기 때문이다. 우리가 실패했던 이유는 과정(습관)을 만들지 않았기 때문이다.

제임스 클리어의 『아주 작은 습관의 힘』에 들어있는 내용이다.

〈목표 따윈 쓰레기통에 던져 버리기〉

목표를 달성하는 것은 우리 인생의 '한순간'을 변화시킬 뿐이다. 이는 '개선'과는 다르다. 우리는 결과를 바꿔야 한다고 생각하지만, 사실 그 결과는 문제가 아니다. 진짜로 우리가 할 일은 결과를 유발하는 시스템을 바꾸는 것이다. .... 목표 설정의 목표는 게임에서 이기는 것이다. 반면 시스템 구축의 목표는 게임을 계속해 나가는 것이다. 장기적으로 발전하기 위해서는 목표 설정보다는 시스템을 구축해야 한다. 성취하는 것이 아니라 계속해서 개선하고 발전해 나가는 순환고리를 만드는 것이다. 즉, '과정'에 전념하는 것이 '발전'을 결정한다.'

과정을 즐기지 않은 성공은 일시적일 뿐이다. 예를 들어, 다이어트 10킬로 감량에 성공했어도 습관이 잡히지 않으면 요요를 다시 겪게 된다. 10킬로 감량에 목표를 둘 것이 아니라 체중 감량 시스템을 습관으로 만들어야 요요 없는 진짜 다이어트 성공자가 된다. 독서도 마찬가지다. 책 100권 읽기를 목표로 잡으면 안 된다. 100권을 읽으며 책 읽는 습관을 만드는 것이 중요하다.

습관이 중요한 또 다른 이유가 있다. 습관은 뇌의 에너지 사용을 줄인다. 쓸데없는 곳에 에너지 사용을 최소한으로 줄임으로써 더 중요한 곳에 에너지를 집중해서 사용할 수 있게 만든다. 예를 들어, 아침에 일어나 이불 먼저 갤까? 양치 먼저 할까? 고민하는 것도 뇌 에너지를 사용하는 것이다. 무엇을 먹을지, 어떤 옷을 입을지 고민하는 것 역시 뇌의 에너지가 사용된다. 성공한 사람 중에는 검정 티만 입는 사람들도 있다. 예를 들면, 스티브 잡스다. 스티브 잡스는 옷을 고르는 것에 에너지를 쓰지 않는다. 그래서 검정 티와 청바지만 입었다. 한국에서 찾아보자면 『슈퍼노멀』의 저자이자 〈신사임당〉이라는 유튜브 채널을 처음 만든 주언규 유튜버가 있다. 유튜브 초반부터 상당기간 동안 검정색 티만 입고 나왔다. 본인이 스티브 잡스를 모방하고 있다고 이야기했다.

성공한 사람들은 대부분 생활을 매우 심플하게 만든다. 꼭 필요한 곳에 최대한의 에너지를 쏟기 위해서다. 습관은 에너지를 절약해 준다. 습관도 레버리지를 만드는 방법 중 하나다.

그렇다면 우리는 어떤 습관을 가져야 할까? 팀 페리스의 『타이탄의 도구들』에는 큰 성공을 이룬 사람들의 공통적인 습관이 나와 있다.

＊그들 중 80퍼센트 이상이 매일 가벼운 명상을 한다.
＊45세 이상의 남성 타이탄들은 대부분 아침을 굶거나 아주 조금 먹는다.

*많은 타이탄들이 잠자리에서 특별한 매트를 이용한다. 바로 칠리패드다.

*유발 하라리의 『사피엔스』, 찰스 멍거의 『불쌍한 찰리 이야기』, 로버트 치알다니의 『설득의 심리학』, 빅터 프랭클의 『죽음의 수용소에서』, 헤르만 헤세의 『싯다르타』를 다른 책들보다 훨씬 더 칭찬하고 더 많이 인용한다.

*고도의 집중력이 요구되는 창의적인 작업 때마다 반복해서 틀어놓는 노래 한 곡, 앨범 하나를 갖고 있다.

*거의 모든 타이탄이 오직 스스로의 힘으로 많은 고객과 클라이언트를 사로잡은 성공적인 프로젝트 완성 경험을 갖고 있다.

*그들은 모두 '실패는 오래가지 않는다'는 확고한 믿음을 갖고 있다.

*그들은 대부분 자신의 분명한 '약점들'을 받아들이고, 그것들을 커다란 경쟁력 있는 기회로 바꿔냈다.

우리가 책을 읽는 이유는 모방하기 위해서다. 성공한 사람들이 강력한 효과를 본 것을 나에게 적용하는 행동은 시행착오를 줄이고 빠르게 성공을 만드는 매우 효과적인 학습 방법이다.

타이탄들은 특히 눈을 뜬 후 첫 60분을 강조한다. 첫 60분이 그 후 12시간을 결정하기 때문이다. 『타이탄의 도구들』에서 타이탄들의 첫 60분은 이렇게 사용된다고 설명한다.

1) 잠자리를 정리한다.

매일 아침 잠자리를 정돈한다는 건, 그날의 첫 번째 과업을 달성했다는 뜻이다. 작지만 해냈다는 성취감이 생긴다.

2) 명상하라.(10~20분)

타이탄들이 명상을 하는 이유는 현재상황을 직시하기 위해서다. 명상은 사소한 일에 예민하게 반응하지 않고, 침착한 태도를 유지하는 데 도움을 준다. 명상은 정신을 위한 따뜻한 목욕이다.

3) 한 동작을 5~10회 반복하라.(1분)

단 30초 만이라도 몸을 움직여서 잠을 깨우면 기분에 극적인 영향을 미치고 산란했던 정신도 가라앉는다. 『네 안에 잠든 거인을 깨워라』의 저자 토니 로빈스는 30~60초 동안 찬물로 샤워를 하곤 한다.

4) 차를 마셔라.(2~3분)

아침에 마시는 차는 인지능력 개선과 지방 분해에 탁월한 효과가 있다.

5) 아침 일기를 써라.(5~10분)

일기는 피곤한 하루의 마무리가 아니라 활기찬 하루의 시작을 위해 쓸 때 가장 효과적이다.

나는 아침에 눈을 뜨면 7분 명상을 한다. 유튜브에 가이드 명상이 있다. 명상이 끝나면 이불을 정리한다. 그리고 침대 바로 옆에 있는 책상에 앉아서 아침 일기를 쓴다. 아침 일기 내용은 주로 감사 일기다. 아주 사소한 감사할 거리를 3개 정도 적는다. (예를 들면, '신랑이 출근해서 감사하다. 아이들이 잠을 푹 자서 감사하다.' 등이다.) 그리고 목표를 쓰고 읽은 후 화장실에 가서 왼손 양치를 한다. 양치 후 뜨거운 물과 찬물을 섞어 미지근하게 차를 마신다.

이렇게 나만의 루틴이 끝나면 무언가 성공했다는 느낌이 든다. 그렇게 긍정적인 성취감으로 하루를 시작한다.

습관을 만드는 것은 쉽지 않지만 일단 만들면 강력한 성공 도구가 된다. 타이탄들은 열정을 믿지 않는다. 대신 좋은 시스템을 만드는 것에 집중한다. 그리고 그 시스템을 습관으로 만든다.

시스템은 나의 열정과 의지보다 강하다. 우리가 실패하는 이유는 의지가 약해서가 아니다. 시스템을 만들지 않아서다. 좋은 시스템을 습관으로 만든다면 성공할 수밖에 없다.

최고는 습관이 만들지 않는다

성공하기 위해서는 습관이 필요하다. 매일 반복되는 습관은 정체성을 변화시키고 정체성이 변화되면 내가 원하는 '그 사람'이 되기 때문이다.

하지만 성공을 만드는 습관도 좋은 점만 있는 것은 아니다. 습관이 자동화되면 피드백이 무뎌지기 때문이다. 즉, 아무 생각 없이 반복하는 상태에 빠지는 것이다.

습관의 긍정적인 측면은 의식하지 않고 일을 처리할 수 있다는 것이다. 반면에 불리한 측면은 익숙해지면 자잘한 실수에 주의를 기울이지 않는다는 것이다. 습관은 필요하지만, 숙련자가 되기 위해서는 의도적인 연습도 반드시 필요하다. 즉, 습관과 의도적인 연습이 같이 필요한 것이다.

한 가지 습관에 숙련되는 과정과 한 분야에 숙련되는 과정은 다르다. 한 분야의 장인이 되기 위해서는 의도적인 연습으로 한계를 자꾸 뛰어넘어야 한다.

글을 쓰는 사람은 매일 글을 쓴다. 글도 자꾸 쓰다 보면 패턴이 생긴다. 숙련되면 보다 쉽고 빠르게 쓴다. 즉, 글 쓰는 기술자가 되는 것이다. 하지만 예술가적 글쓰기를 원한다면 다르게 쓰는 것을 추구해야 한다. 새로운 분야의 책을 읽고 글을 쓰거나, 나의 글쓰기 방법을 모두 버리고 타인의 글쓰기를 모방해 보는 것 등을 말한다.

장인들은 기술자를 넘기 위해 '의도적인 연습'을 추구한다. 그래서 매일 반복되는 일상에서도 아주 작은 차이를 만들고 피드백을 받는다. 그렇게 끊임없이 성장을 만든다.

스시 장인은 매일 같은 재료를 다루지만, 결코 같은 하루를 보내지 않는다. 쌀을 씻는 물의 온도에도 세심한 차이를 만들 수 있다. 초밥을 쥘 때 손끝의 압력을 미세하게 다르게 만들어 식감의 차이도 만들 수 있다. 칼을 쥐는 각도 또한 변화를 주어 생선의 결을 다르게 손질할 수도 있다. 하루에도 수십 번, 같은 동작을 반복하지만, 어제와 같은 반복은 아니다. 작은 차이를 끝까지 추구하며 완벽을 만든다. 이렇게 밥알 하나, 칼질 하나에도 영혼을 불어 넣는 사람을 우리는 스시 장인이라고 부른다.

우리는 모두 각자의 삶에서 장인이 될 수 있다. 특별한 기술이 없어도, 일상 속에서 장인의 태도를 가질 수 있다. 어제보다 조금 더 나아지기 위해 나를 관찰하고 미세한 변화를 줄 수 있다. 작은 습관 하나에도 정성과 집중을 담을 수 있으며, 반복되는 일상 속에서도 차이를 만들 수 있다. 남과의 비교보다 어제의 나와 대화하며 조금씩 성장할 수 있다. 그렇게 장인의 삶을 추구해야 한다.

습관이 전부라고 생각하지 말자. 매일 똑같이 습관적으로 산다면 기술자는 될 수 있지만 장인은 될 수 없다. 위대한 사람들은 모두 '의도적인 연습'으로 계속 성장을 만든 사람들이다. 우리가 기술자를 넘어 '의도적인 연습'을 추구해야 할 이유다.

05

제5장

창조자의 길

나는 매일 '나'를
디자인하고 있다.
어제보다 더 나은 사람이
되기 위해서다.

'나'를 만날 수 있는 유일한 길

'자신이 누구인지 알아내려면 고독해야 한다. 그렇다. 나는 여기
에 어떤 의문도 달지 않는다. 고독하지 않은 자, 자기에게 접근
할 수 없다.'

-『나는 이렇게 될 것이다』 구본형

　　　　　나는 가끔 혼자 여행을 떠난다. 가족들과 떨어져
지낸다. 짧게는 2박 3일, 길게는 20일 가까이 여행을 간 적도 있
다. 혼자 여행하며 나는 조용히 '나'를 만난다.

　힘든 일이 있었을 땐 혼자 떠난 여행에서 나 자신을 위로했다.
조용히 안아주고 토닥여주었다. 그러면 바닥 어딘가에 있던 긍정

에너지가 슬금슬금 올라왔다. 긍정 에너지가 생기면 힘든 일을 바라보는 시각도 달라졌다. 내 생각이 변한 것이다. 상황은 변하지 않았지만, 힘들다고 생각했던 일이 작아지거나 없어졌다. 그렇게 얻은 성숙함을 가지고 나는 다시 집으로 돌아왔다.

몰입이 꼭 필요할 때도 여행을 떠났다. 예를 들면, 책을 쓰겠다고 결심하고 기획을 시작했을 때다. 아이들과 딸(강아지)까지 돌보면서 모든 집안일을 다 하며 몰입을 만드는 것은 쉽지 않았다. 집중과 몰입이 간절할 땐 신랑에게 양해를 구하고 단 며칠이라도 여행을 떠났다. 신기하게도 정말 혼자 여행을 떠나면 꼭 깊숙한 곳의 '나'를 만나게 된다. 숨어 있던 욕망을 보고, 내가 추구하는 삶에 관한 질문을 던지게 된다. 혼자 여행을 떠나면 '나는 누구인가?'에 대한 질문을 꼭 하게 된다. 질문 속에서 내가 잘 살고 있는지 검토도 하고, 앞으로 어떻게 살아야 할지 방향도 세운다.

혼자 하는 여행이 꼭 즐겁지만은 않다. 가족들 생각이 난다. 아침 일찍 일어나 해변을 달릴 때면 신랑 생각이 났다. 숲속에서 좋은 공기를 마시고 맨발 걷기를 할 때면 아이들과 함께하고 싶다는 생각도 했다. 하지만 이내 다시 나를 만나러 갔다. 나와 대화하기 위해 여행을 떠났기 때문이었다.

고독 속에서 읽은 책은 깊이가 달랐다. 전혀 감동을 느끼지 못했던 부분에서 눈물이 핑 돌았다.

'결국

나의 삶이었고

못 견디게 아름다웠다 할 것이니

네 길을 가라

네 길을 가라'

-『나는 이렇게 될 것이다』 구본형

고독 속에서 읽고 또 읽었다. 벅찬 가슴에 코끝이 시렸다. 그리고 나 또한 '못 견디기에 아름다웠다.'라고 외치리라 다짐했다. 그렇게 고독 속에서 울컥거리며 나의 빛을 바라보고 있었다.

'자발적 고립'를 선택해야 한다. 그래야 나를 만날 수 있다. 나의 길을 찾는 방법은 이 방법밖에 없다. 고립 속에서 내가 누구인지, 나는 무엇을 원하는지 질문을 던져야 한다. 왜냐하면 시간이 많지 않기 때문이다. 나를 알아가기에도 인생은 너무나 짧다.

『마흔에 읽는 니체』의 저자 장재형 작가님의 말이다.

〈창조자의 길을 가기 위한 고독의 길〉

차라투스트라는 창조자가 되기 위한 길을 가려고 한다면 무리에서 벗어나 고독이 주는 고통을 감당할 만한 권리와 힘이 있는지 보여달라고 한다. 인간은 자기 자신으로부터 도피하여 이웃 사람들에게로 간다. 그리고 삶의 기준을 타인에게 부여하며 타인 지향적인 삶을 추구한다. 왜냐하면 사람들은 홀로 있을 때보다 여러 사람과 무리 지어 살 때 더 편안한 안정감을 느끼기 때문이다. 하지만 차라투스트라는 자기 자신에 이르는 길을 찾기 위해서는 고독 속에 머물러야 한다고 말한다. 내면의 나와 만나기 위해서는 '무리 본능'에서 벗어나 고독한 길을 가야 한다.'

창조자가 되고 싶은가? 그렇다면 무리에서 벗어나야 한다. '나'를 알고 창조적인 삶을 살기 위해서 '자발적 고립'을 선택해야만 한다.

극단적으로 혼자 여행을 떠나기도 하지만, 일상생활에서도 꾸준히 '자발적 고립'을 택하며 살아왔다. 나는 동네 아줌마들과 아주 가깝게 지내지 않는다. 그렇게 지낼 수가 없다. 차를 마시며 얘기할 시간이 없기 때문이다. 나는 그 시간에 집에서 혼자 책을 읽었다. 덕분에 우리 아이들은 다른 집 아이들과의 비교에서 비교적 자유롭게 자랄 수 있었다.

만약 내가 '자발적 고립'을 택하지 않았다면 어떻게 되었을까? 많은 육아서를 읽지 못했을 것이고, 책 읽는 사람 또한 되지 못했을 것이다. 글 쓰는 사람도 되지 못했을 것이다. 〈입어보는집〉 옷장사도 시작하지 못했을 것이다. 지금의 '나'는 '자발적 고립'이 만들었다.

나는 혼자 있는 시간을 즐긴다. 혼자 있어도 심심하지 않다. 혼자 놀 것이 너무나 많기 때문이다. 건강한 식사를 해야 하고, 명상도 해야 하고, 산책과 글쓰기, 독서도 해야 한다. 운동도 해야 한다. 너무나 놀 것이 많다.

『가끔은 격하게 외로워야 한다』의 저자 김정운 교수님은 외롭다고 관계로 도피하는 것처럼 어리석은 일은 없으며, 모든 문제는 외로움을 피해 생겨난 어설픈 인간관계서 시작된다고 말했다. 사실 우리를 힘들게 하는 것은 어설픈 인간관계다. 이러한 인간관계로 인해 많은 에너지를 소모하고, 스트레스를 받는다. 필요 없는 인간관계는 다 정리해야 한다.

어설픈 인간관계를 버리고 '자발적 고립'을 선택해야 한다. 그 속에서 '나'를 공부해야 한다. 최고의 공부는 '나'를 공부하는 것이기 때문이다. 나답게 행복하게 삶을 살아가는 방법은 '나'를 만나는 것이다. '자발적 고립' 속에서 '나'를 만나 보기를 바란다.

매일 새로운 나를 만날 수 있다

앞에 인생을 장인처럼 살아야 한다고 했던 말의 연장선이다.

나는 매일 '나'를 디자인하고 있다. 어제보다 더 나은 사람이 되기 위해서다.

오늘은 어제보다 아침 식사를 조금 더 가볍게 먹었다. 샐러드와 함께 먹었던 버터를 뺐다. 최상의 두뇌 컨디션을 만들기 위해 아침에 버터를 먹었으나 속이 좋지 않았다. (나는 위가 매우 약한 사람이다.)

찬물 샤워를 저녁에 했었다. 저녁 운동을 마치고 샤워를 해야 했기 때문이었다. 하지만 찬물로 샤워를 하니 다시 정신이 번쩍 들었다. 잠을 자야 하는 데 수면에 방해가 되었다. 찬물 샤워를 시작한 지 2주 만에 루틴을 바꿨다. 지금은 아침 식사하고, 딸과 산책하고, 찬물 샤워를 한다. 그리고 집중적으로 책을 읽고, 글을 쓴다. 찬물 샤워를 한 후 생기는 도파민과 창의력을 글쓰기에 사용하는 것이다. 나는 이 루틴이 매우 마음에 든다.

새벽 기상에 도전했었다. 성공을 한 많은 사람들이 새벽 시간을 활용한다는 사실을 알았기 때문이다. 나도 한때는 새벽에 일어나 조용히 책을 읽고, 글을 썼었다. 정말 좋은 경험이었다. 내가 아침에 일찍 일어나는 것을 힘들어하는 사람이 아니라는 사실도 알게되었다. 하지만 그땐 뚜렷한 목표가 없었다. 그러니 새벽 기상이 흐지부지되었다.

다시 새벽 기상에 도전했다. 처음 일주일은 매우 좋았다. 새벽 기상을 하니 하루가 더 길게 느껴지기도 했다. 집중과 몰입도 잘되었다. 문제는 새벽 기상을 시작한 지 3주가 넘어가면서부터 시작되었다. 일찍 일어나는 것은 문제가 되지 않았으나, 낮시간이 엉망이 되기 시작했다. 하루 종일 피곤했다. 의욕이 떨어지고 낮잠을 자도 개운하지 않고 오히려 더 피곤했다. 소화도 안 되기 시작했다. 일상이 조금씩 무너졌다.

잠이 부족했기 때문이었다. 새벽 기상은 일찍 일어나는 것이 중요한 것이 아니다. 일찍 자는 것이 더 중요하다. 새벽 기상의 목표는 수면시간을 줄이는 것이 아니기 때문이다. 수면이 부족하면 각종 문제가 생긴다. 하지만 일찍 잠을 잘 수 없는 환경이었다. 폴댄스 수업노 저녁에 있었고, 아이들 또한 늦은 저녁을 차려 줘야 할 때도 있었다. 일찍 잘 수 없다는 생각이 들자, 새벽 기상을 포기했다. 그렇게 다시 제대로 잠을 자기 시작하자 컨디션이 돌아왔다.

나는 이렇게 평범한 일상을 매일 조금씩 변화를 주고, 디자인하며 나에게 맞는 최적의 루틴을 만들고 있다. 그러니 나에게 똑같은 하루는 없다. 매일이 새롭다. 매일 새로운 나를 만난다는 것은 즐겁다. 매일 더 멋진 나를 만들 수 있다는 것은 신나는 일이다.

나는 매일 나를 디자인한다. 최상의 컨디션을 만들기 위해서다. 그렇게 만든 최상의 에너지를 몰입하고 창조하는 데 쓴다. 새로운 아이디어를 생각하고, 글쓰기를 한다.

나는 아직 완성된 내가 아니다. 지금의 나는 나의 전부가 아니다. 나는 매일 발전할 수 있다. 나의 잠재력을 다 발휘하기 위해서 오늘을 디자인해야 한다.

창의적인 인간

그 어느 시대보다 창의력과 창조의 중요성이 강조되고 있다. 그렇다면 창조는 무엇일까? 대답을 하지 못했다면 명확하게 창조가 무엇인지 모르는 것이다.

이렇게 질문하는 이유가 있다. 나 또한 창조가 무엇인지 몰랐기 때문이다. 아이들의 육아서를 읽을 때마다 창의력을 키워줘야 한다고 설명은 되어 있었지만, 창의력이 무엇이고 어떻게 키워줘야 하는지에 대한 방법은 나와 있지 않았다. 그래서 늘 답답해했었다. 그리고 그 답을 찾은 순간 '유레카'를 외쳤다.

창조란 세상에 없던 새로운 것을 말하는 것이 아니다. 창조란 편집이다. 세상에 더 이상 새로운 것은 없다. 우리가 '와~' 하고 감탄하는 모든 아이디어는 사실 새로운 것이 아니다. 있던 것들을 편집해서 새로워 보이게 만들었을 뿐이다.

예를 들면, 스티브 잡스가 만든 아이폰이 있다. 처음 아이폰이 등장했을 때 사람들은 매우 새롭다고 느꼈지만, 사실 아이폰은 기존에 있던 휴대폰과 아이팟 그리고 인터넷 기기를 통합해서 만든 것이다.

유튜브는 편집을 모아 놓아 대박이 났다. 영상은 새로운 것이 아니다. 하지만 개인이 만든 영상들을 모아 놓으니 새롭게 느껴지는 것이다. 개인의 영상이 왜 새로울까? 사실 개인은 편집 덩어리이기 때문이다. 한 사람이 살아온 편집의 역사가 그 사람을 만들었다. 그리고 개인의 편집된 역사를 유튜브에 모아 넣었으니, 대박이 날 수밖에 없다. 같은 콘텐츠가 있을 수 없기 때문이다.

우리가 기발하다고 생각했던 모든 것들은 편집 덩어리일 뿐이다. 이 세상에 더 이상 새로운 것은 없다. 이것만 알아도 창의적인 인간이 될 수 있다.

창조 = 편집
창조 = 연결

이렇게 생각하면 창조를 만들기 편하다.

나는 창의적인 인간이 되기 위해 글을 쓴다. 글쓰기는 창의력을 만드는 최고의 도구이기 때문이다. 하지만 지금 내가 쓰고 있는 이 글이 세상에 없었던 새로운 것일까? 아니다. 나 또한 보고, 듣고, 느낀 것을 편집하고 연결해서 글로 표현하고 있을 뿐이다. 즉, 내가 쓰고 있는 이 책도 내가 본 많은 책을 편집하고, 내가 살아왔던 인생과 연결해서 만들고 있다.

그렇다면 창조를 잘하기 위해서는 무엇이 필요할까? 첫 번째로 책이다. 재료가 없는데 편집할 수는 없다. 편집하려면 재료가 많을수록 좋다. 가장 가성비 좋은 양질의 재료는 책이다. 책은 저자의 인생 노하우가 압축되어 있다. 그러니 책을 많이 읽을수록 창조를 만들 수 있는 경우의 수가 많아진다.

두 번째는 여행이다. 창조는 낯섦이다. 우리가 '창의적이다.'라고 느끼는 것들은 낯설다고 느끼는 것들이다. 낯섦을 우리는 새롭다고 느끼고 창의적이라고 생각한다. 여행은 낯선 환경에 나를 통째로 집어넣는 행위다. 여행지는 보고, 느끼고, 먹는 것이 일상과 다를 수밖에 없다. 이렇게 낯선 곳에서는 생각하는 것도 달라질

수밖에 없다. 그러니 여행은 창의력을 키울 수 있는 좋은 방법이
될 수 있다.

마지막은 창의적으로 살 '용기'가 필요하다. 위대한 인물들은
결코 평범한 인생을 살지 않았다. 에디슨, 스티브 잡스, 일론 머스
크 등 그 누구를 생각해도 그렇다. 그들은 삶 자체가 낯섦이다. 그
런 환경 속에서 창조를 만들어 내는 것이다.

'용기'가 가장 가지기 어렵다고 생각한다. 다른 사람들과 다르
게 사는 삶을 수용해야 하기 때문이다. 남과 다르게 산다는 것은
집단이 주는 안전함을 버리는 일이다. 괴짜라는 타이틀도 기꺼이
감수해야 하는 일이다. 그러니 창조를 만들어 내는 사람은 소수
다. 소수는 귀하다. 그래서 대접을 받는다.

그럼에도 불구하고 나는 창의적인 인간이 되기를 꿈꾼다. 그래
서 책을 읽고, 여행을 즐기며, 용기를 가지기 위해 노력한다. 나는
내 세상 안에서 가장 창의적인 사람이 되면 된다. 그렇게 나는 매
일 창조를 꿈꾼다.

나의 우주를 바꾸는 법

　　　　　매일 글을 쓰지만 매일 글이 술술 써지는 것은 아니다. 그래도 꾸역꾸역 써 나간다. 해야 하는 일이기 때문이다. 글쓰기가 얼마나 큰 힘을 가지고 있는지 알고 있다. 그러니 한다.

　글을 쓴다는 것은 발가벗겨지는 일이다. 내가 잘 알고 있다고 생각했던 일도 글로 쓰기 시작하면 안 써진다. 잘 안다고 착각하고 있었던 것이다. 글로 잘 써지지 않는다는 것은 내가 완벽하게 이해하고 있지 못했다는 반증이다.

　사실 이렇게 발가벗겨지기 위해 글을 쓴다. 내가 잘 모르는 부분을 찾기 위해 글을 쓴다.

내가 무엇을 알고 있고, 무엇을 모르는지 아는 능력이 메타인지다. 메타인지가 높으면 나에게 필요한 행동을 함으로써 빠르게 성장할 수 있다. 글쓰기는 메타인지를 높이는 매우 전략적인 방법이다.

빠르게 성공한 사람들의 과거를 보면 모두 글쓰기가 있었다. 특히 블로그로 글을 쓰기 시작해서 유튜브로 확장하고, 다른 사업으로 연결한 사람들이 많이 보인다. 렘군, 자청, 터보832가 그렇다. 렘군은 부동산 블로그를 하다가 유튜브도 함께하며 『THE 아웃풋 법칙』의 저자다. 자청은 사업과 블로그를 하다가 유튜브를 시작하고, 『역행자』를 썼다. 터보832 또한 블로그에 글을 쓰고, 유튜브도 하고, 『터보832의 아트 컬렉팅 비밀노트』를 썼다. 이 외에도 무수히 많다.

이들의 성공 비밀에는 글쓰기가 있었다. 글쓰기로 성공의 비밀들을 파헤치며 뇌를 최적화시키고 빠른 시간 안에 큰 성장을 만들었다.

이렇게 생각하는 이유가 있다. 나 또한 체험하고 있기 때문이다. 나는 글을 쓰기 전과 후로 나뉜다고 해도 과언이 아니다. 유방암에 걸리고 글을 쓰기 시작했지만, 글을 쓰기 시작하면서 모든 것이 변했다. 독서법이 바뀌고, 세상을 바라보는 시선도 바뀌었다. 이렇게 나의 우주가 바뀌니, 창의적인 아이디어들도 튀어나왔다. (나는 가끔 나만의 재밌는 아이디어에 놀라곤 한다.)

나의 우주를 바꾸고 싶다면 써야 한다. 빠르게 성공을 만들고 싶다면 써야 한다. 창의적인 사람이 되고 싶다면 써야 한다. 나의 잠재력을 다 발휘하고 싶다면 써야 한다. 쓰는 것에서부터 변화가 시작되기 때문이다.

인풋을 해서 쓸 생각을 버려야 한다. 아웃풋하며 인풋을 만드는 방법이 더 빠르게 성장하는 방법이다. 지식을 많이 쌓아야 한다는 과거의 학습 방법을 버리고, 내가 보고 느끼는 것들을 연결하며 노는 방법으로 아웃풋해야 한다. 이것이 창의적인 글쓰기 방법이다.

글쓰기의 숙달자가 된다는 것은 인생이라는 게임에서 최상위 아이템 하나를 가지는 것이다. 글을 쓴다는 것은 사고를 명확하게 하고, 통찰력 가지게 되기 때문이다. 이러한 것들은 다른 모든 것에 영향을 준다. 블로그를 성공시킨 사람은 유튜브도 성공시킨다.

사업도 성공시키고, 작가도 된다. 그들은 성공하는 방법을 안다. 글쓰기가 주는 사고의 힘이다.

성공하고 싶다면 반드시 써야 한다. 글쓰기 없이 성공을 만들기란 인생 게임에서 최고의 아이템 없이 싸우는 것과 같다. 아이템이 없으면 레벨을 올리기 위해 엄청난 시간과 노력을 쏟아야 한다. 성장 속도가 느려 중간에 게임을 그만둘 수도 있다. 그러니 반드시 최고의 아이템인 글쓰기를 가져야 한다.

나의 우주를 바꾸는 방법은 글쓰기다. 읽기도 중요하지만 쓰기는 더 중요하다. 책에는 책을 쓴 사람의 우주만 들어있다. 따라서 나는 나만의 우주를 만들어야 한다. 나만의 우주를 만드는 방법은 읽기가 아니라 쓰기다. 쓰면서 나의 깊은 내면을 관찰하고, 변화를 만들어야 한다. 나의 깊은 내면을 관찰하지 않는다면 진정한 변화는 힘들다.

위대한 인물들 또한 글쓰기를 통해 자신의 우주에서 잠재력을 꺼냈다. 레오나르도 다 빈치는 평생 수천 쪽의 노트를 남겼다. 그는 그림을 그릴 때만 위대했던 것이 아니라 글과 기록을 통해 생각을 정리하고 실험을 설계하며 새로운 세계를 열었다. 철학자 니체는 '나는 쓰지 않고서는 살아갈 수 없다.'라고 고백했다. 그의 사유와 통찰은 글쓰기를 통해 세계에 남겨졌고, 이후 수많은 사람들에게 영향을 주었다. 이처럼 위대한 인물들에게 글쓰기는 단순한 기록 행위가 아니었다. 글쓰기는 곧 자기 자신을 창조하는 행위였고, 세상의 변화를 이끌어내는 힘이었다.

나는 우주다. 무한한 잠재력을 가지고 있다. 내가 가지고 있는 잠재력을 꺼내기 위해서 써야 한다.

나는 쓰기를 통해 나를 새롭게 발견했다. 한 줄 한 줄 적어 내릴 때마다 나의 우주는 확장되었다. 글쓰기는 나의 내면을 깨우고, 나를 끊임없이 변화시켰다. 변화된 나는 또 다른 잠재력을 끌어냈다. 나는 오늘도 쓰며, 나의 우주 속에서 잠재력을 찾고 있다.

인생의 절정은 '노을'

노을이 되고 싶습니다.
가슴 시린 주황빛 노을이 되고 싶습니다.
미련 없이 떠나는 노을이 되고 싶습니다.

노을이 주황빛인 이유는 고난과 역경을 겪었기 때문입니다.
노을이 주황빛인 이유는 오늘 하루를 치열하게
살았기 때문입니다.
그렇게 고통은 가슴 시린 아름다움이 되었습니다.

인생의 절정은 주황빛 노을입니다.
모두 그 절정을 향해 달려갑니다.
그렇게 나의 오늘도 절정을 향해 달려갑니다.

노을은 미련 없이 떠나갑니다.
모든 것을 다 했기 때문입니다.
모든 순간을 살았기 때문입니다.

하루살이 노을은 순간을 살아야 한다고 말합니다.
그렇게 살다 보면 너도 주황빛을 가질 수 있다고 말합니다.
생의 마지막 날 아름다움을 선물하고 떠날 수 있다고 말합니다.

노을의 주황빛을 가지고 싶습니다.
주황빛을 가진다면 저 또한 미련 없이 떠나겠습니다.
생각만 해도 너무나 멋져 눈시울이 붉어집니다.

주황빛을 가지기 위해 오늘도 모든 순간을 살겠습니다.
오늘도 주황빛에 조금씩 물들고 있습니다.
절정을 향해 한 발자국 걷고 있습니다.

노을이 되고 싶습니다.
가슴 시린 주황빛 노을이 되고 싶습니다.
미련 없이 떠나는 노을이 되고 싶습니다.

- 최윤정 〈달성〉

놀이가 문제를 해결한다

나는 어떻게 더 재밌게 놀 것인가를 생각한다. 세상은 놀이터고, 나는 놀기 위해 태어났기 때문이다.

우리는 취미생활을 하거나 게임을 하면 죄악시 생각한다. 하지만 문제해결은 '열심히'가 아닌, '놀이'에서 나온다.

인생은 문제를 해결해 가는 과정이다. 결국 누가 더 문제를 잘 풀어가냐의 게임이다. 사람들은 '열심히' 풀면 문제가 해결되리라 생각하지만, 가장 뛰어난 해결책은 종종 '놀이'에서 나온다.

놀이에는 세 가지 힘이 있다. 첫 번째, 긴장을 풀어주는 힘이다.

문제를 정면으로만 바라보면 사고가 경직된다. 하지만 장난을 치거나 게임을 하듯 접근하면 다른 시각이 보이기도 한다. 고정된 틀이 풀리기 때문이다.

빌 게이츠는 마이크로소프트 시절, 업무 스트레스가 심할 때면 탁구나 게임을 하며 긴장을 풀었다고 한다. 이런 단순한 게임들이 오히려 집중력을 회복하고 다시 문제에 몰입할 수 있게 해주었다.

아인슈타인은 '놀이가 창의성의 가장 높은 형태다.'라는 말을 남겼다. 아인슈타인은 바이올린 연주를 좋아했는데, 수학적 사고가 막힐 때면 연주하면서 사고의 전환을 얻었다. 음악과 놀이가 사고의 틀을 부드럽게 만들어 준 것이다.

두 번째, 놀이는 상상력을 자극한다. 놀이 속에는 '틀려도 된다'라는 안전망이 있다. 이 안전망이 새로운 시도를 가능하게 만든다. 실험적인 아이디어, 엉뚱한 접근, 예상치 못한 조합이 모두 놀이에서 나오곤 한다.

라이트 형제는 어릴 적 아버지가 사준 장난감 헬리콥터에 매료되어 하늘을 나는 상상을 키웠다. 어린 시절의 놀이 경험이 결국 최초의 동력 비행기를 만드는 것으로 이어졌다.

어린 시절부터 별난 장난을 많이 치던 에디슨은 기차에서 과학 실험을 하다가 불을 내기도 했다. 그의 '장난 같은 실험들'은 결국 전구, 축음기 등 위대한 발명을 낳았다. 그에게 놀이는 곧 상상력의 씨앗이었다.

세 번째, 놀이는 배움을 이끈다. 놀이는 단순한 오락이 아니다. 놀이는 자연스러운 배움으로 연결된다. 아이들은 숨바꼭질하며 규칙을 배우고, 친구와 다투고 화해하며 관계의 질서를 배운다. 장난감을 분해하고 조립하면서 세상의 원리를 이해한다.

놀이는 억지로 시키지 않아도 스스로 몰입하게 만든다. 몰입은 빠른 성장을 만들며 잠재력을 끌어낸다. 웃고 즐기며 깨달음과 삶의 지혜가 생기는 것이다.

놀이는 배움을 이끄는 가장 즐겁고 가장 강력한 힘이다. 놀이는 곧 배움이고, 배움은 놀이의 연장선이다.

미국의 많은 학교와 가정에서는 이런 놀이의 힘을 알고 있다. 따라서 아이들에게 학업뿐만 아니라 운동, 음악, 미술, 연극, 봉사 활동 등 다양한 취미활동을 적극적으로 권한다. 이런 활동들은 단순한 '여가'가 아니라 문제해결 능력과 창의성을 키우는 방법이기 때문이다.

요한 하위징아는 인간을 '놀이하는 존재(호모루덴스)'로 정의했다. 하위징아는 놀이가 단순한 여가나 오락이 아니라 문화와 문명의 근원이라고 주장했다. 놀이가 인간 행동의 근본적인 동기라는 시각은 우리가 문제해결이나 창의적 활동을 할 때 왜 놀이적 접근이 중요한지를 설명해 준다.

사실 삶의 목적 자체가 놀이에 있다고 해도 과언이 아니다. 사람들이 돈을 버는 이유를 '안정된 생활'이나 '성공'이라고 말하지만, 결국 성공이 주는 자유와 여유로 좋아하는 일을 하고 즐기기 위해서다. 여행을 가고, 맛있는 음식을 먹고, 운동을 하거나 음악을 즐기는 것 등, 이 모든 것은 삶을 즐기기 위해서다. 결국 인간이 문제를 해결하고 도전하는 이유조차 더 풍요롭게 놀기 위해서다.

문제해결은 단순한 집중이나 노력을 더 많이 하는 사람에게 유리한 것이 아니다. 누가 더 잘 놀 수 있느냐의 게임이다. 놀이는 문제를 다양한 각도로 바라보고, 새로운 관점으로 풀어내게 만든다. 때문에 노는 사람이 게임에서 더 유리할 수 있다.

이 책은 폴댄스 때문에 쓰여졌다. 폴댄스(놀이)라는 취미활동을 시작하고, 체력 향상으로 삶의 많은 부분의 문제점들이 해결되었다. 뿐만 아니라 도전 의식도 생겼다. 덕분에 책 쓰기에 도전할 수 있었다. 폴댄스는 상상하지 못했던 방식으로 삶의 문제점을 해결해 주었다. 그리고 내가 앞으로 나아가게 만들었다.

놀이에 돈과 시간을 쓰는 것이 아까웠었다. 지금은 아니다. '놀이'의 중요성을 누구보다 잘 알게 되었기 때문이다. 요즘은 어떻게 더 많은 것을 경험하며 재밌게 놀 수 있을까를 고민한다.

나는 '열심히'를 버리고 '놀이'를 추구하는 삶을 살기로 했다.

인생은 즐기는 자의 것이다. 즐기면 행복하고, 창의적인 아이디어들도 쏟아진다. 놀아야 성공한다. 진짜다.

이 책을 읽는 모든 사람이 놀면서 행복했으면 좋겠다. 놀면서 창조를 만들며 가지고 태어난 잠재력을 모두 꺼내기를 바란다. 나 또한 이런 삶을 살기를 소망한다.

여러분의 놀이를 결렬하게 응원합니다. 각자의 정상에서 만납시다.

나는 열심히 살지 않기로 했다

초판인쇄	2026년 01월 05일
초판발행	2026년 01월 12일
지은이	(달성) 최윤정
발행인	조현수
펴낸곳	도서출판 더로드
기획	조용재
마케팅	최관호 최문섭
편집	이승득
디자인	오종국 (Design CREO)
주소	경기도 파주시 광인사길 68 , 201- 4호
전화	031-925-5364, 031-942-5366
팩스	031-942-5368
이메일	provence70@naver.com
등록번호	제2015-000135호
등록	2015년 06월 18일

정가 19,800원
ISBN 979-11-6338-505-9 (03800)

긍정 프레임이라는 안경을 쓰고 세상을 바라보길 바란다. 삶의 지혜를 가진 통찰력 있는 두뇌를 장착하고, 돈 버는 기술을 습득하여 생존하기 바란다. 성공 게임을 즐기며 몰입으로 세상의 창조에 기여하기 바란다.

그대의 놀이에 조금이라도 이 책이 도움 되기를 바란다.